Orquídeas en las sombras

Entre la oscuridad y la luz en Cuba

De la autora de
Esperando en la calle Zapote,
ganador del premio Latino Books Into Movies
Award, categoría Drama TV
Series

y

Hermanos: Los Niños de Pedro Pan,
ganador del premio International Latino Books
Award, categoría Mejor Novela de Ficción

Basadas en hecho reales

Betty Viamontes

Orquídeas en las sombras

Entre la oscuridad y la luz en Cuba

Publicado en los Estados Unidos por

Zapote Street Books, LLC, Tampa, Florida

Portada del libro por SusanasBooks LLC

Este libro contiene elementos de ficción y de no-ficción
creativa.

Número ISBN: 978-1-955848-46-6

Impreso en los Estados Unidos de América

Les dedico este libro a:

Las familias cubanas en la isla, luchando por sobrevivir, entre la oscuridad y la luz, aferrándose a su fe en Dios y a la esperanza de un futuro mejor.

Mi madre por mostrarme que todo es posible.

Mi amado esposo y mi familia, por todo su apoyo.

Mis leales lectores, por leer mis libros y por animarme a seguir escribiendo.

Los miembros de todos los clubes de lectura que tan amablemente han elegido leer *Esperando en la calle Zapote*, La *danza de la rosa*, Los *secretos de Candela y otras historias de La Habana, La Habana: El regreso de un hijo* y *La niña de Arroyo Blanco* para discusiones grupales.

A los grupos de Facebook *All Things Cuban*, por brindar un espacio para el intercambio de historias y cultura del pueblo cubano, y a Women Reading Great Books, por crear un foro para que los escritores y los lectores se reúnan.

Prefacio

En esta ocasión, sus escritos la conducen a un pequeño y profundamente religioso pueblo de Cuba; un lugar que ha ido desapareciendo lentamente con el paso del tiempo.

Su narración es deliberadamente sencilla, pero los problemas que expone son complejos. El conjunto de personajes que habitan sus páginas revela distintos aspectos de la vida en Remedios. En un pueblo como este, marcado por las dificultades y por una realidad económica sombría, establecer vínculos humanos es tan esencial como respirar.

El pequeño pueblo de San Juan de los Remedios—conocido simplemente como Remedios— es un lugar de fantasmas y leyendas; de personas que acuden a la iglesia y se aferran a la fe como náufragos a la esperanza. Su resiliencia se pone a prueba una y otra vez.

Betty construye sus historias a partir de hechos reales vividos por las familias del pueblo. A partir de esa realidad, introduce elementos de ficción que enriquecen la narrativa, atrapan al lector y se desarrollan en un contexto histórico preciso.

La vida de su protagonista, Amelia, podría parecer monótona a simple vista. A pesar de su formación profesional, no tiene otra opción que trabajar en una iglesia—en realidad, en dos. ¿Por

Prefacio

qué una abogada termina en ese lugar? Betty explora las razones y la necesidad de adaptarse a circunstancias que muchas veces resultan incomprensibles.

Sin embargo, todo cambia con la llegada de un extraño llamado Frank. Este residente de Miami, Florida, viaja al pueblo en busca de respuestas sobre el pasado de su madre. Amelia se convierte en el puente que lo conecta con sus raíces, y ese encuentro transformará sus vidas de maneras que ninguno de los dos podría haber anticipado.

A medida que se presentan los personajes, sus vínculos no resultan evidentes de inmediato. Sin embargo, todos están conectados entre sí de formas que irán descubriendo poco a poco. Esos lazos, invisibles al principio, podrían ser la clave de su supervivencia.

Escrito por Susana Jiménez-Mueller
Autora de *Now I Swim*
Coautora de *El Vuelo del Tocororo*
Autora y productora del podcast *The Green Plantain – The Cuban Stories Project*

Capítulo 1

San Juan Bautista de los Remedios

(La iglesia)

Desde 1548, he permanecido erguida en la ciudad de Remedios, siendo testigo de su pasado y de su presente. He visto desde los rostros de padres afligidos hasta los de niños iluminados por las promesas de un futuro mejor.

1

San Juan Bautista de los Remedios

Mis colores, anaranjado y blanco, anuncian mi presencia frente a la plaza principal, rodeada de cafés, un cajero automático, una tienda de cigarros y un pequeño mercado. Los turistas me visitan con frecuencia, y los guías relatan mi historia, mi arquitectura y los tallados de madera de mi altar, recubiertos de oro.

Durante siglos he presenciado miles de bautismos y bodas, y he escuchado un número igual de misas por los difuntos. Las bodas han cambiado con el tiempo: de los vestidos suntuosos de antaño a los sencillos de hoy, confeccionados en casa o heredados de generación en generación.

Todo es distinto y, sin embargo, sigue siendo igual.

Cada vez menos personas dejan dinero en mi caja de donaciones. He recibido a visitantes notables, entre ellos al presidente de la isla, cuya presencia no fue bienvenida. El resentimiento de los habitantes se refleja en la ausencia de rostros familiares en mis bancos.

Me duele ver a tantos jóvenes, cansados de esperar un cambio, abandonar el país. Y quienes se quedan llenan mis espacios con oraciones cada vez más profundas, más urgentes.

—Dios, te ruego que mi hija llegue sana y salva a los Estados Unidos —escuché decir a una madre.

Durante seis meses vino todos los días. Se sentó en el mismo banco y oró sin descanso. Un día, dejó de venir.

San Juan Bautista de los Remedios

Los feligreses dijeron que su hija había muerto en la selva del Darién, en Panamá. Le dijeron a la madre que estaba en un lugar mejor, que por fin era libre. En su honor, la familia organizó una misa. Todo el pueblo acudió para acompañarlos en su dolor.

Y luego, la vida continuó.

Hace poco fui restaurada. Ahora luzco hermosa, si se me permite decirlo. Ojalá los habitantes del pueblo pudieran hacer lo mismo con sus hogares.

—El gobierno controla todos los materiales de construcción —susurró un feligrés—. Y los que se consiguen en el mercado negro son demasiado caros.

Escuché a un hombre decirle a un sacerdote que parte de su techo se había derrumbado y que por poco mataba a su abuela mientras cocinaba. El sacerdote lo escuchó con compasión, pero su misión principal es hablar de Dios. Y en este pueblo, cada vez resulta más fácil perder la fe.

Mi propósito es ayudar a conservarla.

Me encuentro a solo tres millas de la costa norte, en el corazón de la isla: un pilar de fe en medio de tanta desesperanza. Los sacerdotes y las monjas hacen cuanto pueden por sus feligreses, pero no pueden remediar la escasez de alimentos y medicinas, ni intervenir en la política. Deben permanecer neutrales, aunque esa neutralidad les pese.

3

San Juan Bautista de los Remedios

Dios sabe que, si el pueblo pierde la fe, lo habrá perdido todo.

Y así seguiré aquí —si estas paredes no ceden bajo el peso de la miseria— ofreciendo consuelo, permitiendo que quienes llegan descansen en mis bancos y siendo testigo del lento deterioro de una nación que, aun así, se niega a morir.

Capítulo 2

El apagón

(Amelia)

Cada día es una carrera contra el apagón.
Sabemos que llegará, pero no cuándo. Y cuando llega, el calor se intensifica—ese calor que derrite las aceras y también nuestras almas.

Cuando se va la electricidad, me apresuro a encender la vela sobre la mesa del comedor. Es una mesa cuadrada, demasiado pequeña para las siete personas que vivimos en la casa: mi madre y mi tío, mis dos sobrinas, sus padres y yo. Luego nos sentamos a su alrededor, en silencio.

—Mami, tío, ¿quieren que les eche un poco de agua en el rostro? —les pregunto.

Ambos se desplazan con andadores de metal.

—Tal vez más tarde —responde mi madre—. Quédate aquí conmigo.

—Tía Amelia, cuéntame una historia de fantasmas —me pide mi sobrina de seis años.

Mi nombre me lo dio mi madre: Amelia. En hebreo significa "obra de Dios"; en alemán, "trabajo y fertilidad". Algunos dirían que hago la obra de Dios cuando organizo actividades para los

5

adolescentes de la iglesia, los hijos de otros. Tendrá que bastar con eso, porque nunca tendré hijos ni esposo.

Desde el día en que nací, el 15 de marzo de 1977, parecía destinada a vivir en la oscuridad. Sin embargo, encuentro luz al entrar en el esplendor ya desvanecido de una antigua iglesia en Remedios, en la provincia de Villa Clara: un pueblo de leyendas, fantasmas, parrandas y piratas.

Allí me siento en paz.

El eco de mis pasos sobre las baldosas llena el silencio. Sus muros me protegen del exterior, de los soldados que vigilan la plaza. Los santos observan inmóviles, testigos de mis oraciones.

—Dios, te pedimos un milagro. Sálvanos de los despiadados y de los impíos. Devuélvele la esperanza a este pueblo.

Después de persignarme, entro en la pequeña oficina donde me esperan mis responsabilidades. En una vieja computadora, sobre un escritorio abarrotado de papeles, registro nacimientos, muertes y bodas.

Josefa Rodríguez Pérez nació el 15 de septiembre de 2022 en Remedios, hija de Antonio Rodríguez Coto y Leila Pérez Fernández.

Una entrada más.

Pero en los últimos veinte años, la población ha disminuido en más de un veinticinco por ciento.

Hoy viven aquí menos de treinta y cuatro mil personas. La edad promedio es de cuarenta y dos años. Diez habitantes han superado el siglo de vida.

Han sobrevivido a todo.

Qué bendición... y qué condena vivir tanto.

Me gusta conversar con Teresa, una de las mujeres más ancianas del pueblo, cuya mente permanece intacta. Recuerda tiempos mejores: cuando no había que hacer largas colas, cuando la leche no estaba racionada por edad y una tajada de queso no era un lujo.

Teresa ya no puede hacer filas para pagar su cuota mensual, así que algunos de nosotros nos turnamos para ayudarla. Mi madre dice que todavía quedan ángeles caminando entre nosotros.

Al ver cómo disminuye la población, me pregunto si algún día Remedios dejará de existir.

Pero no debo pensar en eso.

Hay preocupaciones más urgentes.

No gano mucho dinero, a pesar de ser abogada. La iglesia es el único lugar que contrata a alguien en la lista negra, como yo. Este será mi trabajo mientras viva: custodiar los registros de esta iglesia que cambia de color con la luz del día, blanca al amanecer y dorada al atardecer.

A veces desearía que el sol nunca se ocultara, para no ver a los fantasmas que me visitan por la noche.

Como el de mi abuelo Manuel. No quiero ver su fantasma. Quiero verlo a él.

El apagón

Quiero que me acaricie la cabeza como cuando era niña y me diga que vendrán días mejores.

Recuerdo cuando íbamos al Parque Vidal, en Santa Clara, a treinta millas de aquí. Era el corazón de la ciudad, nuestro lugar. Allí, bajo la sombra de un flamboyán, me hablaba de España, de la vida que había dejado atrás. Me llenaba de confianza. Podía contarle cualquier cosa.

Desde que murió, no he vuelto a sentir esa conexión con nadie.

Tal vez, si tuviera un esposo, sería distinto. Pero elegí este camino. Debo cuidar de mi madre y de mi tío, dos ancianos que han perdido la alegría, salvo cuando mis sobrinas bailan en la sala casi vacía.

Mónica, la mayor, tiene doce años. Su cabello negro y sus ojos profundos reflejan una madurez que no corresponde a su edad. Cuida de Andrea, su hermana menor: soñadora, delgada y reacia a comer lo poco que conseguimos. Solo lo hace cuando su madre insiste para que no enferme.

A veces observo a Andrea desde la ventana.

Se acuesta sobre un pedazo de cartón en la acera, con pantalones cortos y un pulóver sin mangas, mirando el cielo, perdida en sus pensamientos. Yo vigilo que esté a salvo.

Me pregunto qué pasa por su mente en esos momentos.

El apagón

—Entra —le digo—. No me gusta que estés así vestida. Si vas a quedarte afuera, ponte algo más.

—Hace demasiado calor adentro.

—También hace calor afuera. Hace calor en todas partes.

—Pero aquí puedo ver a Dios —responde—. Y él también puede verme.

Al escucharla, sonrío.

Quizás, a pesar de los apagones y las interminables colas, todavía haya esperanza para este pueblo.

Foto de las dos hermanas de 6 y 12 años.

9

Capítulo 3

La botella

(Amelia)

Abro los ojos y miro al techo, preguntándome cuánto tiempo me tomará llegar al trabajo hoy. ¿Encontraré la manera?

Mi prima Lina, que vive en La Habana, me cuenta que los pocos autobuses que circulan van tan llenos que la gente cuelga de las puertas, incapaces de cerrarlas. Aquí también, mi paciencia y mi resistencia se ponen a prueba todos los días.

Aún está oscuro cuando me levanto. Sigo cansada. La humedad en la nuca y bajo mi bata azul es testigo del sofocante calor. Miro el viejo despertador en la mesita de noche. Los números blancos brillan sobre el fondo negro, pero apenas logro distinguir las manecillas. Me acerco.

Casi las cinco.

Debo darme prisa.

Mis pies recorren el suelo en busca de las chancletas mientras me sostengo del borde de la cama. Tardo unos segundos en encontrarlas, pero finalmente me las pongo.

Permanezco de pie, escuchando los suaves ronquidos de mi madre. Duerme de lado, con la espalda hacia mí, en una bata sin mangas. Su cuerpo se ve tan pequeño... casi como el de mi sobrina de doce años.

Salgo de puntillas, evitando tropezar con la muñeca sin brazos que Andrea dejó en el suelo. La luz de la luna entra por las ventanas abiertas. Debería haberlas cerrado. Les temo a las cucarachas voladoras que parecen dueñas de la casa. A veces se lanzan sobre mí, y yo salto y grito como si estuviera poseída.

Esta noche no veo ninguna.

Deben estar escondidas... esperando.

Recojo la muñeca para que mi madre no tropiece al levantarse. Luego tomo su suéter ligero de la silla. A pesar del calor, me lo pongo sobre los hombros, como protección contra lo que pueda acechar en la oscuridad.

La botella

La lámpara china de queroseno descansa inútil sobre la mesa del comedor. Después de tantos apagones, se nos acabó el combustible.

Una vela es mi única opción.

La enciendo y voy a la cocina. ¡Cómo quisiera una taza de café...! Se acabó hace dos días. Tendré que conformarme con un pedazo de pan viejo.

Pronto habrá más.

Mayda, una cubana que vive en Tampa desde hace más de cuarenta años, nos envió un paquete. Llegará la próxima semana. Café, frijoles, leche en polvo. Productos que hoy son un lujo. Las raciones—diez onzas de frijoles y tres libras de arroz por persona al mes—no alcanzan.

Por eso como lo menos posible.

Para que haya suficiente para los demás.

Termino el pan rápidamente y voy al baño con la vela en la mano.

Quince minutos después, camino por las calles oscuras rumbo a La Botella, el lugar donde se detienen los vehículos del gobierno y los de los conductores particulares para recoger pasajeros.

Remedios queda lejos de Santa Clara, donde trabajo algunos días a la semana. El gobierno no me contratará. Escribí en redes sociales sobre la falta de libertad.

Tal vez fue un error, pero no podía quedarme callada.

Mi madre dice que debo escoger mis batallas.

La botella

—Mami, si no hablamos, ¿qué será de mis sobrinas? Alguien tiene que hacerlo.

—No logras nada convirtiéndote en un blanco —responde.

Cuando llego a La Botella, aún está oscuro. Varias personas esperan bajo la luz tenue de la luna.

—¿Has esperado mucho? —le pregunto a una joven con falda negra y blusa blanca.

—Unos quince minutos.

—Ojalá no tengamos que esperar mucho más.

—Ojalá.

Respiro hondo. El olor del rocío sobre la hierba mojada llena el aire, aunque no calma mis alergias. Toso un poco.

La joven me mira.

Desde la pandemia, toser en público es casi un delito.

—Son alergias —le explico.

Asiente, aliviada... pero se aleja un poco.

Nos quedamos en silencio.

Diez minutos después, un auto se detiene junto a nosotras. El conductor pregunta adónde vamos. La joven va cerca. Yo no.

Por eso me sorprende cuando dice:

—Suban. Las llevo a las dos.

Nos sentamos atrás.

Son las 5:40 a.m. y la electricidad aún no ha regresado. El pueblo sigue cubierto por un velo oscuro.

La botella

La joven no habla. Se pega a la ventana. Cuando se baja, el conductor me invita a sentarme adelante.

—Estoy bien aquí —respondo—. Gracias.

Arranca.

Dejamos el pueblo atrás. La luna ilumina los campos y los arbustos. Rezo para que amanezca pronto. La oscuridad saca lo peor de la gente.

—¿Eres soltera? —pregunta.

La pregunta me incomoda.

—Sí.

—¿Familia en Remedios?

—Mi madre, mi hermano, sus hijas... y un tío.

—Una mujer como tú debería estar casada.

—No puedo. Tengo que cuidar a mi familia.

Se ríe.

Las preguntas continúan.

—¿A qué te dedicas?

—Trabajo en una iglesia.

—¿Eres cristiana?

—Sí.

Niega con la cabeza.

—Perder el tiempo creyendo en algo que no existe. Yo creo en la revolución. Aún extraño a Fidel.

Guardo silencio.

—Soy miembro del Partido Comunista —añade—. La revolución ha sido buena para Cuba.

Dios, dame paciencia.

La botella

Me pregunto si hace colas durante horas para comprar comida... o si sabe lo que es llegar al final y no encontrar nada.

Miro su coche.

Ruso.

Claro.

—Pararé en Camajuaní a tomar café —dice—. Ven conmigo.

Café.

Lo deseo.

Pero no respondo. Bajo la ventana. Respiro. Cierro los ojos.

Por un instante, me imagino en otro lugar. Un sitio lleno de luz. Libre.

—Dios, dame alas.

Abro los ojos.

Sigo aquí.

En este coche que huele a aceite quemado.

Entonces me dejo llevar por el paisaje.

El viento, los pájaros, la tierra húmeda.

¿Podría vivir lejos de esta belleza sin extrañarla?

Por un momento, olvido todo.

—Hermoso, ¿verdad? —dice.

Asiento.

—No hay lugar mejor en el mundo.

Lo miro.

Y subo la ventana.

—No tengo tiempo para el café.

—Vamos... es solo un momento.

El café... la sangre de esta isla.

La botella

Sonrío apenas.

Un lujo.

Cuando entramos en Camajuaní, el pueblo despierta. Veo un autobús viejo y amarillo recogiendo gente.

—¡Pare! Necesito bajar.

—¿No íbamos por café?

—No quiero llegar tarde. ¿Cuánto le debo?

—Nada, yo...

Se detiene.

—Gracias —digo.

Bajo y corro hacia el autobús.

—¿Va a Santa Clara?

—Sí.

—Gracias a Dios.

Subimos unas veinte personas. Nadie habla. Algunas mujeres se abanican con cartón.

Treinta minutos después, llego a la iglesia.

Divido mi semana entre esta y la de Remedios. Aquí pagan un poco mejor.

Al entrar, siento alivio.

Rezo frente al altar. Hago la señal de la cruz.

Dos mujeres oran en silencio.

Saludo a dos monjas y a un sacerdote y abro mi oficina. Todo huele a humedad.

Pero al menos me alegra haber llegado.

Miro los papeles y pienso en el café.

Soñar no cuesta nada.

Pero hay una pregunta que no me deja en paz:

¿Cómo volveré a casa?

La botella

Capítulo 4

Mi abuelo, Manuel

Por Katherine Lima, Traducido y ampliado por Betty Viamontes

(Amelia)

Después de que todos se van a la cama, me quedo sola en la sala, pensando en mi abuelo. Cada pared, cada lámpara, cada baldosa del suelo me lo recuerda. Esta es la casa que compró para su familia unos años antes de que Fidel Castro llegara al poder.

Me lo imagino regresando de la bodega, cansado tras una larga jornada, sentándose en su silla favorita. Mamá y mi tío, que entonces eran niños, corrían hacia él para llenarlo de besos y abrazos. Decía que sus hijos le borraban el cansancio y le daban sentido a su vida.

Como a mí.

De las muchas historias que compartió conmigo, hay una que siempre me viene a la memoria: la de su cumpleaños.

***

Es 6 de febrero de 1949, y han decidido comenzar la celebración desde ese día.

18

Mi abuelo, Manuel

La mesa está servida. Manuel, su esposa, sus hijos y algunos amigos toman asiento. El plato principal es una fabada gallega, acompañada de vino blanco de Rioja. Todo está dispuesto con esmero, como en su España.

Los presentes ríen, brindan, recuerdan tradiciones.

Pero para Manuel, la noche se alarga.

De pronto, siente la necesidad de retirarse. No tiene sueño. No sabe por qué, pero su mente viaja lejos, hacia su tierra.

Acostado, recuerda el 7 de septiembre de 1923, el día en que partió desde el puerto de Vigo, a bordo del *Infanta Isabel*, rumbo a La Habana.

Cuántos años han pasado.

Piensa en su juventud, en el trabajo duro. Nunca le gustó estudiar. Sonríe al recordar a su madre regañándolo porque, en lugar de ir a la escuela, se escapaba a cazar pajarillos. También escucha, como un eco lejano, la voz de su tío Andrés:

—Manuel, Manuel... Barcelona es bona si la bolsa sona.

Desde el momento en que sintió el aire del nuevo mundo en su rostro, se dijo a sí mismo: *«Hay que salir adelante».*

Trabajó como estibador en el puerto, cargando sacos, y como repartidor de carbón, hasta que decidió establecerse en Remedios.

Los primeros años fueron duros.

Pero su decisión de naturalizarse—de dejar de ser español para convertirse en ciudadano cubano—marcó su destino. Con el tiempo, prosperó. Ya no era el muchacho que llegó con dieciséis años y las manos vacías.

Era comerciante y tenía una tienda.

Una buena tienda.

Respetaba el himno y la bandera de su nueva patria, pero nunca dejó de amar la tierra que lo vio nacer.

Aún despierto, piensa en regresar.

Y llora.

Su familia en España le escribe con frecuencia. Lo recuerdan y lo esperan.

Sobre la mesita, junto a la cama, descansa su boina—recién traída de allá. Un tesoro. Un pedazo de hogar.

"Para siempre, Pontevedra," se dice. "Estás aquí."

Aquella noche, más que una celebración, fue una bendición.

Cerca de las seis de la mañana, escucha voces.

Son Sara y Sandalio, sus hijos.

Han venido a despertarlo.

Capítulo 5

La bodega

(Amelia)

C uando Castro llegó al poder en 1959, mi abuelo Manuel llevaba ya casi una década viviendo en Cuba. Cuatro años antes, tras mucho esfuerzo, había logrado abrir su propia bodega en el pueblo de Remedios. Aquella bodega era su vida, la materialización de sus sueños.

—Manuel, hoy no tengo dinero, pero ¿puedo llevarme un litro de leche? Te pagaré la próxima semana, cuando le paguen a mi esposo. La necesito para los niños —le dijo Lula en una ocasión.

Abuelo Manuel anotó su nombre en la libreta y le permitió llevarse la leche.

La mayoría de quienes compraban a crédito pagaba cuando podía. Y a quienes no lo hacían—como un par de ancianas que regresaban una y otra vez con las mismas promesas—nunca les negó ayuda, aun sabiendo que no cumplirían.

Su generosidad no tenía límites. Sabía lo que era empezar desde cero, no solo en su querida España, sino también cuando llegó solo al Nuevo Mundo, con los bolsillos vacíos y el corazón lleno de esperanza.

Por eso, a mi abuela no le sorprendió su reacción cuando, en 1961, los revolucionarios llegaron a confiscar su bodega.

—La revolución ahora es dueña de este negocio. Puedes quedarte a trabajar como empleado si lo deseas. Todos debemos apoyar la revolución del pueblo.

Abuelo se ajustó los espejuelos y entregó las llaves con serenidad.

—Si esto ayuda a la gente de Remedios, haré lo que tenga que hacer.

La bodega

Desde ese día, comenzó a ganar apenas una fracción de lo que había obtenido como propietario.

Años después, cuando miles abandonaban la isla, pensó en regresar a España. Pero hacerlo habría sido aceptar la derrota. Ya era ciudadano cubano. ¿Por qué no quedarse y tratar de salir adelante?

Cuando comprendió lo que había perdido, ya era demasiado tarde.

Sus raíces estaban en Cuba. Sus hijos habían crecido, formado sus propias familias. Eran cubanos, por nacimiento y por identidad. Incluso si hubiera querido marcharse, no tenía los medios para hacerlo.

Así que se quedó en Remedios, detrás del mostrador de una bodega que ya no le pertenecía, contemplando estantes cada vez más vacíos.

Abuelo murió en 1998, durante el Período Especial, cuando la caída de la Unión Soviética dejó a Cuba sin subsidios. Mamá dice que fue un infarto.

Yo creo que fue hambre.

Todo el pueblo asistió a su funeral.

Esa noche, ya de regreso en casa, alguien llamó a la puerta. Mi madre abrió.

Era Lula, ahora una mujer mayor.

—Vengo a pagar lo que le debía a Manuel —dijo—. Me dejó llevar comida a crédito hace más de treinta años, y nunca le pagué. Aunque ya no esté, quiero saldar mi deuda con su familia. Tu padre era un ángel.

Una lágrima rodó por el rostro de mi madre mientras recibía el dinero.

—Por favor, pasa —le dijo con suavidad—. Déjame servirte un poco de café.

Capítulo 6

Baño a medianoche

(Amelia)

A medianoche, Andrea, mi sobrina de seis años, me despierta.

—Tía Amelia, ¿puedes alumbrarme mientras me baño?

Después de pasar casi todo el día sin electricidad, quiere usar un pequeño "truco" que le enseñé para soportar los apagones: bañarse y acostarse mojada para aliviar el calor y las picaduras de los mosquitos.

Enciendo una vela y le pido que hable en voz baja para no despertar a los demás. Luego la acompaño al baño.

Se desnuda y, con una lata, comienza a verter agua fría sobre su cuerpo delgado. Es tan frágil que puedo distinguir cada una de sus costillas.

—¿Quieres que te ayude, mi amor? —le pregunto.

—No, tía. Puedo hacerlo sola.

Cuando termina, la acompaño a su habitación. Aún mojada, se recuesta sobre su delgado colchón.

Me inclino para darle un beso de buenas noches.

—Tía... —susurra—, ¿esto algún día se va a acabar?

Siento que el pecho se me aprieta.

—Debes orar, mi amor —le digo con suavidad—. Debes orar.

Durante años, solo los adultos se preguntaban cuánto tiempo tendríamos que soportar los apagones, las colas y el hambre.

Ahora, también lo hacen los niños.

Y a quien me lo pregunte, mi respuesta será siempre la misma:

Hay que orar.

Desde mi pequeño pueblo de Remedios, elevo mi voz a Dios por nuestra nación, por estos niños—como mis sobrinas—que ya conocen el cansancio del hambre y el peso de la oscuridad.

Capítulo 7

Las explosiones

(Amelia)

Nubes negras sobre La Habana tras explosiones

Mantener la esperanza, para quienes vivimos en Remedios—y en esta isla—es tan esencial como respirar. Debemos creer que la vida mejorará, que los apagones son temporales. Soñamos con un día en que los alimentos sean accesibles y el agua no falte cuando más la necesitamos.

Y entonces, cuando pensé que nada podía empeorar, la noticia apareció en la televisión.

Lo impensable había ocurrido.

Al principio, no creí que nos afectaría aquí, en Remedios. Estamos a 185 kilómetros de donde comenzó todo. Pero pronto, densas nubes negras empezaron a cubrir gran parte de la isla.

Lo llamaron un accidente.

La tarde del 5 de agosto de 2022, un rayo impactó un tanque de crudo en una terminal de superpetroleros en la zona industrial de Matanzas. El viento empujó las llamas hacia otros depósitos de combustible, provocando una serie de explosiones.

Para la mañana siguiente, decenas de personas habían resultado heridas; varias en estado grave. Diecisiete bomberos estaban desaparecidos.

Vimos las noticias con horror.

Una enorme bola de fuego amenazaba con destruir el ya frágil sistema eléctrico del país. Al principio pensé que lograrían controlar el incendio rápidamente. Pero cuando los esfuerzos fallaron, el gobierno tuvo que solicitar ayuda internacional.

Pronto, una espesa nube de humo negro avanzó hacia La Habana, a unos cien kilómetros del incendio, donde viven millones de personas. Se hablaba de gases tóxicos en el aire y no podía dejar de preguntarme qué consecuencias tendría a largo plazo.

Mientras el fuego seguía ardiendo, varios países enviaron ayuda: espuma industrial, equipos especializados, expertos.

Para el 9 de agosto, más de cien personas habían resultado heridas y ya se contaban pérdidas humanas. Después de cinco días, el peor incendio en la historia de Cuba finalmente fue controlado.

Pero el daño era inmenso.

Casi el cuarenta por ciento de la principal reserva de combustible del país había sido destruido.

Los apagones se extendieron por toda la isla, golpeando con más fuerza a pueblos pequeños como Remedios.

Poco a poco, las nubes negras se tornaron grises... hasta desaparecer. La luz del sol regresó.

Pero las consecuencias permanecieron.

Me preguntaba cuánto tiempo tomaría reconstruir lo perdido. Cuánto tardaría la vida—si no en volver a la normalidad—al menos en volverse soportable.

Aun así, debo mirar hacia adelante.

Cuando pase el verano, llegará el fresco. Podremos respirar un poco mejor.

Y yo seguiré orando—por este pueblo, por mi familia, por esta isla—para que, pase lo que pase, nunca perdamos la esperanza.

Capítulo 8

Los dos últimos panecitos

(Amelia)

V eo a Mónica y a Andrea bailar en la

sala. Andrea está descalza, con el cabello negro recogido en un rabo de mula que se agita en el

aire. Mónica intenta enseñarle a su hermana menor unos pasos nuevos, pero Andrea se niega a seguirla.

—No, no es así —dice Mónica—. Mírame e inténtalo otra vez.

Repite la breve coreografía.

—Ahora te toca a ti.

—No quiero. Me gusta bailar a mi manera.

Mónica insiste, pero Andrea no le presta atención. Sigue moviéndose sin ritmo, como si se hubiera comido una libra de azúcar.

Al cabo de unos minutos, se detiene. Jadea un poco y mira a su hermana.

—Tengo hambre.

Mónica me mira.

Niego con la cabeza y suspiro. Entonces lo recuerdo.

—Traje unos panes de la tienda... aunque no se veían muy buenos.

Mónica va a la cocina y regresa con dos panecillos. Los examina con atención. Uno está claramente en mejor estado que el otro.

Los sostiene frente a Andrea.

—¿Cuál quieres?

Andrea los observa en silencio. Sus ojos van de uno a otro.

Finalmente, extiende la mano y toma el que no tiene moho.

Como si ya entendiera más de lo que le corresponde a su edad.

Capítulo 9

¿No hay Parranda en 2022?

En octubre, la noticia se propagó rápidamente por todo el pueblo: la Parranda —una celebración única, popular y multitudinaria— había sido cancelada debido a la crisis económica.

La reacción fue inmediata. Los habitantes de Remedios expresaron su indignación en las redes sociales.

Desde 2018, la Organización de las Naciones Unidas para la Educación, la Ciencia y la Cultura (UNESCO) había reconocido estas festividades como Patrimonio Cultural Inmaterial de la Humanidad. Ahora, a solo dos meses de su celebración, muchos se preguntaban:

—¿No les da vergüenza que una fiesta reconocida en todo el mundo pueda desaparecer por falta de financiamiento estatal?

Una publicación en Facebook, escrita por un vecino del pueblo, se volvió viral. Las críticas se multiplicaron hasta llegar a los niveles más altos del gobierno.

Durante más de dos siglos, las Parrandas —con su pirotecnia, sus tradiciones y su espíritu competitivo— habían sido el corazón cultural de Remedios.

¿No hay Parranda en 2022?

¿Cómo podían dejarlas morir?

A lo largo del año, los barrios, divididos en dos bandos rivales, se preparaban con esmero: diseñaban carrozas, confeccionaban pancartas, construían lámparas y linternas, y ensayaban bailes durante meses.

Y ahora, todo había quedado suspendido.

Mientras tanto, el malestar popular seguía aumentando.

Finalmente, el gobierno cedió y garantizó los recursos necesarios para la celebración.

Pero no todos recibieron la noticia con entusiasmo.

Para algunos, la Parranda no era motivo de orgullo, sino sinónimo de desorden: ruido, caos y una fuerte presencia policial; hombres de uniforme verde oliva que rodeaban la plaza y vigilaban cada movimiento.

—Entiendo por qué decidieron financiarla —dijo un anciano sentado en el parque.

—Es parte de lo que somos. Nos da orgullo —respondió su amigo.

—Ya no —replicó el primero—. Es una distracción. Algo para mantener a la gente ocupada. Lo que necesitamos es comida, no fiestas.

—Lo sé —dijo el otro—, pero estoy cansado de esperar un milagro. Al menos, por unos días, podemos bailar, escuchar música... olvidar. Y tal vez, cuando estos niños crezcan, traigan el cambio que necesitamos.

—Sigue soñando, amigo mío.

Los dos hombres guardaron silencio.

¿No hay Parranda en 2022?

Una joven pareja pasó frente a ellos. Se detuvo a pocos metros de una casa colonial y se besó.

Capítulo 10

La nota

(Amelia)

Después de hacer una larga fila para comprar mi cuota de víveres, camino hacia el Parque Martí, con las bolsas pesadas y los pies adoloridos, en busca de un lugar donde descansar.

Una familia de cinco se dirige a la glorieta, donde hay mejor sombra, pero yo prefiero sentarme en el murito color salmón que rodea un enorme roble. Me agrada este rincón, lejos de la luz abrasadora del sol de la tarde.

Mientras recupero el aliento, observo a mi alrededor.

Entonces lo veo.

A unos pasos de mí, sobre un banco, hay una hoja de papel doblada.

Me intriga.

Quizás la olvidó un estudiante... o una persona mayor.

Me inclino, la recojo y la despliego.

Las palabras están escritas a mano, cuidadosamente trazadas con tinta negra.

Leo en silencio.

La nota

Perdimos el juego de pelota... como hemos perdido la dignidad.

Cada mañana perdemos el aliento intentando llegar temprano a trabajos en los que el salario no alcanza para vivir.

Vemos desaparecer la felicidad de nuestros hijos cuando no pueden comer un dulce en su cumpleaños.

Perdemos el tiempo y la paciencia en largas colas, en discusiones, en la lucha por conseguir una pequeña ración de comida que apenas alcanza para una familia de tres.

Cada tarde perdemos un poco del alma intentando regresar a casa, esperando un autobús que quizás no llegue.

Y por las noches, perdemos la esperanza cuando acostamos a nuestros hijos sudorosos, sin electricidad.

No podemos seguir así.

La única opción que nos queda es irnos a ese lugar que nuestros gobernantes llaman "infierno". Pero en ese "infierno", mi hijo podrá comer los dulces que pide cada noche. Tendrá libertad. Tendrá un futuro.

Los invito a vivir en Cuba. Cambiemos de lugar. Estoy seguro de que, donde usted está, mi hijo sería feliz.

—Chester

Doblo el papel con cuidado, lo guardo en mi bolso... y me seco una lágrima.

Capítulo 11

El gato

(Amelia)

Estoy a punto de abrir la puerta de la casa, después de regresar de la bodega con las niñas, cuando escuchamos un débil llanto.

Nos detenemos.

Mónica deja los comestibles dentro y cruza la calle con Andrea y conmigo, siguiendo el sonido.

El gato

Por un instante, el llanto desaparece. Nos quedamos en silencio, mirando a nuestro alrededor.

Entonces lo escuchamos otra vez.

—¡Viene de allí! —dice Andrea, y sale corriendo.

—¡Ten cuidado! —le advierto.

Lo encontramos en un lote vacío frente a la casa, escondido bajo un montón de basura. Con cuidado, aparto los desechos con el pie para no lastimarlo.

Entonces lo veo.

Un pequeño gatito, sucio, con ojos dulces y asustados.

—¿Qué te pasa, pequeño? —susurro—. ¿Quién te dejó aquí?

Intenta ponerse de pie, pero sus patas no lo sostienen. Suelta un gemido débil y doloroso que me atraviesa el pecho.

—Está herido —les digo—. Alguien debió haberlo golpeado.

Las niñas se arrodillan y le acarician la cabeza. Él no se aparta.

—¿Podemos llevarlo a casa? —pregunta Andrea—. Por favor, tía Amelia.

Sé lo que ocurrirá si lo dejamos aquí.

Demasiados animales son abandonados cada día. La gente apenas tiene para alimentarse, mucho menos para cuidar de otro ser vivo.

Pero la forma en que nos mira...

Ese silencio agradecido en sus ojos...

El gato

No puedo ignorarlo.

—Sí —digo—. Vamos a llevarlo a casa.

Busco un trapo limpio y lo envuelvo con cuidado. Es tan liviano... Su cuerpo huesudo habla de hambre.

Cuando entramos, mamá y mi tío sonríen al verlo.

—¿Puedo jugar con él? —pregunta Andrea.

—Primero hay que bañarlo —respondo.

—Y córtale las uñas —añade mi madre—. Puede asustarse con el agua.

—Lo haré. No quiero que lastime a las niñas.

Lo baño con cuidado, mientras ellas buscan un poco de comida y agua. También le doy algo para el dolor.

A la mañana siguiente, ya tiene nombre: Misu.

Se le nota más animado. Intenta ponerse de pie otra vez y esta vez lo logra durante unos segundos.

—En unos días estará como nuevo —dice Mónica.

Las niñas le preparan una cama con trapos viejos dentro de un recipiente de plástico roto. No es gran cosa, pero Misu se acomoda como si fuera el lugar más cómodo del mundo.

Una semana después, logra saltar al regazo de mi madre. Ella lo acaricia, y él se estira, gira y maúlla de placer.

Mi madre me mira y sonríe.

El gato

—Es el mejor regalo que me has dado —dice—. Puede que no tengamos mucho, pero aquí nunca le faltará amor. Y eso... nadie nos lo puede quitar.

Asiento en silencio.

Porque sé que el día en que perdamos la compasión—nuestra humanidad—no nos quedará nada.

Capítulo 12

La nieta de Matilda

Matilda observa a su nieta bailar en la sala.

Aunque Clarita solo tiene doce años, ya empieza a convertirse en una joven hermosa. Alta y delgada, con ojos almendrados color carmelita, se mueve con naturalidad al ritmo de la música. Su sonrisa parece iluminar la habitación.

Matilda no quiere que deje atrás la infancia demasiado pronto. Sabe que, cuando la infancia termina demasiado pronto, deja heridas que no siempre cicatrizan. Y teme que ya sea tarde. La única muñeca de trapo que Clarita conserva acumula polvo en un rincón.

—Me recuerdas mucho a tu madre —dice mientras plancha una blusa.

—Eso siempre dices, abuela. Y yo quiero ser una gran bailarina, como ella.

Clarita sonríe y sigue moviendo las caderas al compás de la música que sale de la radio.

—No me gusta que bailes así —dice Matilda—. Eres una niña. Y esos pantalones son demasiado ajustados. Ve a cambiarte.

—Todas las niñas de mi edad se visten así. No tiene nada de malo. No quiero parecer una anciana.

—A tu edad, yo usaba vestidos hermosos, ceñidos a la cintura. Las señoritas se comportaban con recato y no andaban mostrando tanto el cuerpo. Extraño aquellos tiempos.

Clarita rueda los ojos sin dejar de bailar.

—Han pasado muchos años, abuela. Ahora las mujeres pueden ser lo que quieran: soldados, doctoras, científicas...

Matilda suspira. Observa el largo cabello negro de su nieta, que le cae hasta media espalda. A pesar de la escasez, todavía conserva un brillo saludable.

—No sé qué voy a hacer contigo —murmura—. Siempre me preocupas.

—No tienes que hacerlo. Estudio, saco buenas notas y voy a la iglesia contigo cuando me lo pides. Pero también quiero divertirme un poco. ¿Qué tiene eso de malo?

Matilda guarda silencio.

En cada movimiento reconoce a su madre. Es como verla otra vez a esa misma edad: llena de energía, convencida de que el mundo era inmenso y estaba esperándola.

La música termina.

Clarita se acerca y le deja un beso en la mejilla.

—Eres la mejor abuela del mundo, ¿lo sabías?

—Y tú la mejor nieta. Solo quiero protegerte.

—Me estoy preparando para la Parranda. Mis amigas y yo estamos ensayando. ¡No puedo esperar!

—¿Vas a bailar así en público? Aquí, en casa, es diferente. Pero delante de desconocidos... no me parece apropiado.

Clarita sonríe y aprieta con suavidad las mejillas arrugadas de su abuela.

—Por eso te quiero tanto. Siempre me cuidas.

Se queda muy cerca de ella. Matilda le acaricia el rostro.

—¿No la extrañas? —pregunta de pronto.

—¿A quién?

—A tu verdadera abuela. Te adoraba.

Clarita baja la mirada un instante.

—Tenía siete años cuando murió. Claro que la extraño. Pero tú siempre has estado aquí. Soy afortunada de tenerte.

—No soy tu verdadera abuela, mi amor.

—Ella nunca me quiso como tú.

Las palabras golpean a Matilda con una tristeza antigua.

Baja la vista hacia la blusa que aún sostiene entre las manos.

—No podía... no después de todo lo que pasó. Eres demasiado joven para entenderlo. Tal vez, cuando seas mayor, lo comprendas. Solo espero que nunca tengas que perder todo lo que amas.

—Lo único que sé es que nunca quiero perderte.

Clarita la abraza.

Matilda cierra los ojos.

La estrecha con fuerza, como si quisiera conservar aquel instante para siempre.

Sabe que no le quedan muchos años. Y, por más que intenta apartar el pensamiento, siempre regresa la misma pregunta:

¿Qué será de Clarita cuando ella ya no esté?

¿Quién cuidará de ella?

Capítulo 13

El visitante

(Amelia)

Regreso de la bodega con las manos vacías tras un intento fallido de comprar salsa de tomate. Frustrada, noto varios grupos de personas reunidas alrededor de la plaza, observando los preparativos de la Parranda. Camiones cargados de fuegos artificiales y trabajadores ensamblan intrincadas estructuras—más altas que las iglesias—que, el 24 de diciembre, iluminarán el pueblo.

La emoción se siente en el aire.

Junto al Parque José Martí, frente a los edificios coloniales, se alza una pequeña réplica de la Estatua de la Libertad, obra del escultor italiano Carlos Nicoly Manfredy. Lleva en esa plaza desde 1906. Para mí, siempre fue un símbolo de libertad. Para el gobierno, es el «Monumento a los Mártires de San Juan de los Remedios».

Hoy, ni siquiera la miro.

Paso de largo, pensando en la olla de frijoles negros que dejé en remojo... y en el ingrediente que me falta para cocinarlos.

Mientras avanzo entre la multitud, tratando de no tropezar con nadie, pienso en el origen de estas celebraciones—y en las consecuencias inesperadas de una simple decisión.

Todo comenzó en 1820.

Un joven sacerdote, el padre Francisco Vigil de Quiñones, preocupado por la baja asistencia a la iglesia durante las misas previas a Navidad, pidió a los niños que salieran a las calles a hacer ruido: latas con piedras, cualquier cosa que despertara al pueblo.

Con el tiempo, aquellos ruidos se transformaron en bandas organizadas, y la tradición creció más allá de Remedios.

En 1851, surgieron dos bandos rivales: El Carmen y San Salvador. Cada uno, con su propia bandera, competía por ofrecer el mejor espectáculo. El Carmen, con su bandera marrón y un globo terráqueo dentro de un triángulo rojo. San Salvador, con una bandera roja y un gallo enmarcado en azul.

En 1921, por primera vez, las luces iluminaron las exhibiciones.

A diferencia de otros carnavales, aquí las carrozas cuentan historias—mitológicas, históricas o contemporáneas.

Y al final, como siempre, ambos bandos se proclaman ganadores.

Pero los últimos sesenta años han dejado huella.

La crisis económica ha reducido el alcance de la celebración. A veces, desearía que desapareciera por completo. Durante días, el pueblo deja de parecerse a sí mismo. Y en la noche del 24, el ruido, la música y el desorden se extienden hasta el amanecer.

Mientras reflexiono sobre todo esto, un hombre tropieza conmigo.

—Disculpe —dice—. Estaba distraído con los preparativos.

Es un hombre de unos sesenta años. Huele a colonia y viste mejor que la mayoría: una guayabera impecable y pantalones oscuros perfectamente planchados.

—No se preocupe. Disfrute de las festividades.

Estoy a punto de seguir mi camino cuando vuelvo a escuchar su voz.

—Señorita, ¿podría ayudarme?

Me detengo y lo observo con cautela.

—No he venido por las celebraciones —continúa—. Busco el lugar donde nació mi madre. Vivo en Miami.

—¿Viene de los Estados Unidos?

Mi frustración se disuelve por un momento y se reemplaza por una curiosidad inesperada.

—Así es. Nací en La Habana. Salí de Cuba siendo niño, solo, durante el éxodo de Pedro Pan. Mis padres se quedaron aquí.

—¿Y después lograron salir?

—Es una larga historia... pero no. Estoy aquí tratando de reconstruir lo que pasó. Mi madre nació en Remedios. Quería ver lo que ella vio.

—¿Ha fallecido?

—Sí.

—Lo siento mucho.

Miro el reloj con inquietud.

—¿Tiene prisa? —pregunta.

—Debo preparar la comida para mi familia. Venía de la tienda, pero no encontré salsa de tomate.

—Lo siento. Ayer estuve en una tienda en Santa Clara. Tal vez allí quede.

—Está demasiado lejos. Y seguro que es cara. No se preocupe... aquí estamos acostumbrados a resolver.

Hago una pausa.

—¿En qué puedo ayudarlo?

—Me gustaría saber si alguien en el pueblo conoció a mi madre. Después de salir de La Habana, regresó a Remedios.

—¿Cómo se llamaba?

—Alicia Rodríguez Campos.

El nombre me resulta extrañamente familiar.

—Podría llevarlo a mi casa. Mi madre o mi tío tal vez la conocieron.

—No quiero incomodar.

—No es ninguna molestia. Vivimos cerca. Venga.

Caminamos unos minutos, alejándonos poco a poco del bullicio de la plaza. Llegamos a una calle estrecha bordeada de casas coloniales: algunas recién pintadas; otras, desgastadas por la humedad y los años.

El visitante

—Qué tranquilo es aquí —dice.

—No por mucho tiempo. Cuando empiece la música, nadie va a dormir.

Esboza una sonrisa.

—He oído que este lugar es Patrimonio de la Humanidad.

—Tremendo patrimonio —murmuro, alzando los ojos al cielo.

Me detengo frente a mi casa e introduzco la llave en la cerradura.

Antes casi nunca cerrábamos. Ahora es mejor no tentar la suerte.

—Mami, tío, ya llegué. Y tenemos visita.

Al entrar, señalo un sillón.

—Siéntese, por favor. Le ofrecería café, pero se nos acabó. Tal vez un vaso de agua... y, si mis sobrinas no las encontraron primero, unas galletas que nos enviaron.

—No se preocupe —responde—. No vine para quitarles nada.

Mi madre y mi tío aparecen unos minutos después, cada uno apoyado en su andador.

La enfermedad los ha encogido. Lucen pálidos y delgados, con los ojos hundidos. Les acerco unas sillas y los ayudo a sentarse.

El visitante se pone de pie de inmediato y les estrecha la mano.

Ambos lo observan con cierta reserva, como si percibieran de inmediato que no pertenece al pueblo.

—Mi nombre es Frank. No puedo creer que aún no le haya preguntado su nombre a la joven. ¿Dónde quedaron mis modales?

—Yo soy Sara —responde mi madre—. Y este es mi hermano Sandalio. La joven a la que se refiere es mi hija Amelia.

—Mami, ya no soy tan joven.

—Para mí siempre lo serás.

No puedo evitar sonreír.

—¿Y mis sobrinas? ¿Y sus padres?

—Salieron a ver los preparativos —dice ella—. Ya sabes cómo son las niñas. Sobre todo Andrea.

Frank recorre con la mirada las fotografías colgadas en las paredes despintadas, como si buscara un rostro conocido.

—Gracias por recibirme en su casa, Amelia. No quiero quitarles mucho tiempo. Señora Sara, quería preguntarle si conoció a Alicia Rodríguez Campos. Murió hace unos cinco años.

—El nombre me suena —dice mi madre—. ¿Tiene una foto?

Frank saca la billetera y extrae una fotografía pequeña. Se la entrega. Mamá la observa con atención.

—Sí... la recuerdo —dice al fin—. A su esposo lo encarcelaron. Después lo fusilaron.

Frank baja la mirada.

—Así es. Cuando crecí, viajé varias veces a La Habana para buscarla. Nadie sabía adónde se había ido después de la muerte de mi padre. No soy muy dado a las redes sociales, pero hace poco me uní a un grupo y empecé a preguntar por ella. Alguien me dijo que había venido a Remedios.

—Vino —afirma mi madre—. Hablaba mucho de su hijo. Después de enviarte solo a Estados Unidos, trató de encontrarte por medio de la iglesia. Le dijeron que te habían ubicado con una familia, pero que te habías escapado.

—Me fui a vivir con una maestra —explica Frank—. No sabía cómo encontrarla. En mi último viaje a La Habana supe que había muerto aquí. ¿Sabe dónde vivía? ¿Volvió a casarse?

—Si no me equivoco, vivía con una prima lejana, no muy lejos de aquí. Se llama Matilda. Y no, no creo que se haya vuelto a casar.

—¿Matilda? —intervengo—. ¡La conozco! Va a la iglesia con su nieta.

Frank se vuelve hacia mí.

—¿Podría llevarme a su casa? Tal vez presentármela.

—Tengo que cocinar para la familia —respondo—. Quizás más tarde.

—¡No! Ve con el caballero ahora mismo —interviene mi madre—. Eres demasiado joven para pasarte la vida cocinando y limpiando. Trabajas toda la semana. ¿Hasta cuándo? ¡Ni siquiera estás casada!

—¡Mami, por favor!

—Si me permite —dice Frank con calma—, podría volver en un par de horas. Así tendrá tiempo de preparar la comida. No quiero alterar su rutina. Después, si quiere, podríamos almorzar antes de visitar a Matilda. Mientras tanto, intentaré conseguir la salsa de tomate... y el café.

—Se lo agradezco, pero no puedo aceptar.

—No cocines y ve con él —insiste mi madre—. Dios sabe que no te estás volviendo más joven. Deberías llevarlo a la Parranda en vez de encerrarte en tu cuarto. ¡Vive un poco!

—Amelia —añade mi tío Sandalio—, sabes cuánto te quiero, pero esta discusión no la vas a ganar. ¿Cuándo fue la última vez que saliste?

—Y si acepta almorzar conmigo —dice Frank—, tal vez pueda contarme las leyendas de este pueblo. He oído que hay muchas, pero me gustaría escucharlas de usted.

—¿Está casado? —pregunta mi madre de pronto.

—¡Mami! —protesto, cruzándome de brazos.

Frank sonríe con una serenidad triste.

—Mi esposa murió hace tres años. Fue un accidente de automóvil.

—Lo siento mucho —digo.

—Yo también —responde—. Fue el amor de mi vida.

Hago una pausa.

—Está bien —digo finalmente—. Puedo acompañarlo a casa de Matilda, pero no voy a aprovecharme de su generosidad.

—No lo hará.

Niego con la cabeza, aunque termino asintiendo.

—Bien. Entonces regrese en un par de horas.

El visitante

Me vuelvo hacia mi madre.

—Y tú y yo tenemos que hablar.

Frank se despide poco después.

En cuanto sale, comienzo a discutir con mi madre por lo que llamo su "comportamiento inapropiado", hasta que mi tío nos interrumpe:

—Me voy a mi cuarto a escuchar la radio.

***

Mi cuñada está en la cocina, terminando de preparar el almuerzo que dejé adelantado. Mi hermano Héctor ensaya una coreografía con sus hijas, mientras Mamá y el tío Sandalio, sentados frente a ellos, sonríen y aplauden.

Mónica, de doce años, baila en perfecta sincronía con su padre. Andrea, en cambio, exagera cada movimiento, girando, saltando y haciendo muecas como una pequeña payasa decidida a robarse toda la atención.

Cuando Frank aparece en la puerta —después de que mi cuñada le abre y Mamá lo presenta— la música se detiene y comienzan los saludos.

Frank le entrega a Héctor una bolsa repleta de comestibles.

—Tengo entendido que Amelia necesitaba salsa de tomate y café —dice—. Pero encontré algunas cosas más.

Héctor mira dentro de la bolsa.

El visitante

—¿Algunas cosas? Aquí hay frijoles colorados, arroz, carne de cerdo... y pollo.

Mamá frunce el ceño.

—Es demasiado, Frank. No debió molestarse.

—No fue ninguna molestia.

Héctor se excusa y lleva la bolsa a la cocina. Regresa poco después, todavía sacudiendo la cabeza con incredulidad.

—Bueno, ahora que tenemos café —dice Mamá—, ¿le sirvo una taza?

—No, gracias. Aunque suelo tomar dos o tres al día, prefiero dejar la próxima para después del almuerzo.

Nos acomodamos como podemos. Las niñas se sientan en el suelo de baldosas, frente a Frank, observándolo con la misma curiosidad con la que mirarían a un visitante de otro planeta.

Mamá comienza a bombardearlo con preguntas sobre Miami.

—¿Allá necesitan una libreta para comprar comida? —pregunta Mónica.

—No, claro que no —responde Héctor antes que Frank—. Solo aquí, Mónica.

—¿Y la leche? ¿Es solo para niños y ancianos?

—No. Hay leche para quien quiera comprarla.

Andrea abre los ojos de par en par.

—¡Si yo viviera en un lugar así, me tomaría tres vasos grandes todos los días!

El visitante

Nadie responde de inmediato.

El silencio dura apenas un instante, pero se siente más largo.

En ese momento entro en la sala.

Todas las miradas se vuelven hacia mí.

—¡Tía Amelia! —grita Andrea—. ¡Qué linda te ves!

Me detengo en seco.

—Nunca usas maquillaje —continúa—. ¡Y tampoco te sueltas el pelo! Pareces otra persona. ¿A dónde vas? ¿Vamos contigo?

Siento cómo se me calientan las mejillas.

—No. Tú te quedas aquí.

Mónica sonríe con aire cómplice.

—¿Tienes una cita?

—¡Mónica!

—Entonces sí es una cita.

—¡No más preguntas!

Las dos niñas estallan en carcajadas.

Con la cartera al hombro, me vuelvo hacia Frank.

—¿Nos vamos?

Él se pone de pie.

—Cuando usted quiera.

Me despido rápidamente de todos con un beso y me dirijo hacia la puerta.

—¡Diviértete! —grita Mamá antes de que salgamos.

—¡Y no regreses temprano! —añade el tío Sandalio.

—¡Tío!

El visitante

Las risas me persiguen hasta la calle.

Capítulo 14

El restaurante

(Amelia)

Llegamos en auto al restaurante Ebenezer, ubicado en la finca Villa Felipa, en Remedios. El chofer, un anciano del pueblo contratado por Frank, nos deja frente al local. A ambos lados de la entrada—cuya cubierta triangular sobresale del techo—se extiende un viejo tejado rojo. La casa ha sido transformada: un portal rodea la estructura y una terraza de madera, rodeada de follaje colorido, alberga el restaurante.

Al entrar, un joven camarero, vestido con camisa blanca, pantalón y chaleco negro, nos saluda con una sonrisa y nos estrecha la mano.

—¿Has estado aquí antes? —le pregunto a Frank cuando el camarero se retira.

—Por favor, tratémonos de tú —responde—. No, pero leí sobre este lugar en una guía turística.

Me siento incómoda. No he ido a un restaurante en más de veinte años. Siempre me ha parecido un lujo innecesario. ¿Con qué se supone que uno va a cocinar en casa? Pienso, inevitablemente, en la salsa de tomate que no pude encontrar esa mañana.

—Escuché que encontraste la salsa de tomate... y que trajiste otros alimentos —le digo—. ¿Cuánto te debo?

—Nada. Es un regalo.

—¿Por qué?

—Porque has sido muy amable conmigo —responde—. Y me alegra haber encontrado una amiga en el lugar donde nació mi madre.

—Gracias —le digo—. Eres muy generoso.

Frank abre el menú. Yo dejo el mío cerrado.

—¿No vas a pedir nada?

—Pediré lo mismo que tú. No soy exigente.

—¿Segura? Hay varias opciones buenas.

—Segura.

Poco después, el dueño del restaurante—un hombre de cabello blanco—se acerca para saludarnos. Al enterarse de que Frank vive en Estados Unidos, su rostro se ilumina. Le estrecha la mano con entusiasmo y comienza a hacerle preguntas sobre su vida.

—Soy contador público retirado —dice Frank—. Trabajé en el departamento de contabilidad de un hospital.

—Bienvenidos a mi restaurante —dice el dueño—. ¿Les recomiendo algo?

—Claro —responde Frank.

—El bistec de puerco con plátanos fritos, arroz y frijoles es excelente.

Frank me mira. Asiento.

—Entonces, eso pediremos.

El restaurante

Cuando el dueño se aleja, Frank vuelve a mirarme.

—Cuéntame sobre las leyendas de este pueblo.

—Hay muchas —respondo, acomodándome el cabello—. Una de las más conocidas está relacionada con la Iglesia del Buen Viaje. Como habrás notado, Remedios tiene dos iglesias en la misma plaza. Es el único lugar en Cuba donde ocurre eso.

—¿Y por qué dos?

—Cuenta la leyenda que en el siglo XIX unos pescadores quedaron atrapados en una tormenta cerca de la costa. Encontraron un tronco flotando y, dentro, una imagen tallada en madera de la Virgen María. La llevaron al pueblo y se la entregaron a un hombre negro que vivía cerca. Un sacerdote intentó llevarla a la iglesia... pero al día siguiente, la imagen había desaparecido. La encontraron nuevamente en casa del hombre. Entonces, el pueblo decidió construir una segunda iglesia, en el lugar que la Virgen había "elegido".

—Interesante —dice Frank.

Va a preguntarme algo más, pero el camarero regresa con dos platos humeantes.

El bistec de puerco frente a mí podría alimentar a toda mi familia.

—Es demasiado—susurro, inhalando el aroma de cebolla, ajo y especias.

Frank sonríe.

El restaurante

De pronto, pienso en mi abuelo. En lo poco que tuvo. En lo que le faltó.

Si hubiera podido comer algo así...

Quizás habría vivido más.

Pruebo el primer bocado.

Mis ojos se llenan de lágrimas.

Pienso en mis sobrinas.

Pero continúo comiendo, despacio, saboreando cada pedazo.

—Gracias por ayudarme —dice Frank.

—Eres tú quien nos ha ayudado —respondo—. Eres como un ángel.

—¿Eres religiosa?

—Sí. Paso mucho tiempo en la iglesia, sobre todo organizando actividades. No es fácil trabajar con adolescentes... no escuchan.

—Lo entiendo —dice él—. Me alegra que mis hijos ya sean adultos.

Después de comer la mitad, dejo el plato.

—¿No te gustó?

—Mucho. Pero... mi estómago ya no está acostumbrado. Me llevaré el resto. Lo guardaré en casa de Matilda.

Cuando termina, me pregunta:

—¿Quieres flan?

Mis ojos lo dicen todo.

Él sonríe.

—Pediré dos.

—Esto debe ser carísimo —murmuro.

—No tanto.

—Para nosotros, sí. Gano 2.500 pesos al mes. Un litro de aceite puede costar casi la mitad de eso.

—¿Aceite?

—De soya. Es lo que hay.

—Yo uso aceite de oliva...

—Aquí no hay opciones. Muchas veces, mis sobrinas cenan solo arroz y plátanos.

Frank guarda silencio.

—Lo siento mucho.

—No deberíamos hablar de esto —digo—. Mejor hablemos de fantasmas.

Le cuento la historia de la Gritona de Seborucal.

Piratas, violencia, una joven que resiste... y un final terrible.

—Según la leyenda, su cabeza seguía gritando incluso después de ser separada del cuerpo.

Frank se ríe.

—Esta conversación tomó un giro inesperado.

Yo también río, cubriéndome la boca.

—Necesito salir más a menudo —le digo.

—No te preocupes. Es inusual... pero interesante.

Reímos juntos.

No recordaba la última vez que reí así.

Cuando llegan los flanes, pruebo el primero.

Cierro los ojos.

Dulce. Suave. Perfecto.

—Extraordinario —susurro.

El restaurante

Después, el café.

No es como el de casa.

Este es intenso, aromático, casi lujoso.

Al terminar, pido un recipiente para llevarme la comida restante.

Afuera, el chofer ya nos espera.

Capítulo 15

La línea

Rogelio sale de su casa antes del amanecer.

Avanza con pasos lentos, desiguales, apoyado en un bastón de madera que él mismo talló. Su estómago gruñe al percibir el aroma de café procedente de una casa cercana.

Entonces escucha una voz detrás de él.

—Rogelio, ¿a dónde vas tan temprano?

Se detiene. Aún está oscuro, pero reconoce la silueta.

Prematuro.

En Remedios, todos lo conocen. Un personaje extraño, casi permanente, como si el pueblo lo hubiera adoptado sin comprenderlo del todo. Su verdadero nombre es Alejandro López, pero pocos lo usan. Le dicen El Prema... o Prematuro.

Nadie sabe exactamente por qué.

Tiene una lengua grande, producto de una condición que no le importa mostrar. Habla mal cuando lo provocan, pero también es capaz de una ternura inesperada.

Llegó durante el Período Especial, en busca de trabajo.

Rogelio y su esposa solían darle sopa.

Lo veían comer como si se le fuera la vida en cada cucharada.

—Voy a comprar mi cuota mensual —responde Rogelio.

—Prepárate para esperar.

Rogelio levanta el saco blanco que lleva consigo.

—Traje agua.

—Hoy no tengo trabajo —dice Prematuro—. Puedo acompañarte. Así escuchamos los chismes del pueblo.

—Eso es lo único que queda aquí —responde Rogelio.

—Y si esto sigue así, hasta los chismes se van a ir... para los Estados Unidos.

—¿Te quieres ir?

—¿Y quién no?

—Yo no. Estoy demasiado viejo para empezar de nuevo.

Siguen caminando.

—¿Vas a ir a la Parranda? —pregunta Prematuro.

—Ochenta y dos años... ya no estoy para eso. El ruido, los fuegos artificiales... me ponen nervioso. ¿Y tú?

Prematuro sonríe.

—¿Perderme la oportunidad de impresionar a las damas? Soy el mejor bailador del mundo.

—¿Del mundo? —Rogelio sonríe—. Entonces no necesitas abuela.

Prematuro frunce el ceño, confundido.

—Claro que sí. Todo el mundo necesita una abuela... pero la mía murió. Solo tengo a mi madre. Está enferma, en Santa Clara. Le pido al sacerdote que rece por ella... pero no sé si Dios me escucha.

Rogelio se detiene y le da una palmada en la espalda.

—Eres un buen hombre. No lo olvides.

—La gente se ríe de mí —dice Prematuro en voz baja—. Creen que no soy inteligente.

—No te conocen.

Cuando llegan a la bodega, unas treinta personas ya hacen fila.

—Ojalá haya pollo hoy —dice Rogelio.

—¿Sabes qué quiero de verdad? —dice Prematuro—. Un bistec.

—¿Alguna vez has comido uno?

—Una vez. Tenía diez años. Ayudé a un turista con sus maletas... y me invitó a almorzar. Nunca olvidé ese sabor.

Una mujer se gira hacia ellos.

—Prematuro, ¿tú comiendo bistec? No te creo.

—Déjalo en paz, Teresa —interviene Rogelio.

—No es asunto tuyo.

—Sí lo es. Es mi amigo.

Ella se da la vuelta con desdén.

Prematuro sonríe.

—¿De verdad piensas así de mí?

—Sí.

Sonríe como un niño.

La línea

La fila crece. Cuando la bodega abre, ya no se ve el final.

—¿Tienes dinero? —pregunta Rogelio.

—No suficiente.

—Te presto.

Después de un rato, la fila avanza.

Por fin, Rogelio llega al mostrador.

—Necesito tu libreta —dice el bodeguero.

La revisa. Consulta una lista.

Y se la devuelve.

—No puedo venderte nada.

—¿Por qué?

—Aquí dice que estás muerto.

Rogelio parpadea.

—¿Muerto? ¿Te parezco muerto?

—Lo siento. La lista es clara. ¡Próximo!

—¡Está vivo! —grita Prematuro—. ¡Míralo! ¡Habla! ¡Camina! ¡Hasta baila!

—No voy a discutir contigo —dice el bodeguero—. ¿Vas a comprar o no?

Rogelio saca dinero.

—Toma —le dice a Prematuro—. Compra tu cuota.

—¿Y tú?

—Iré a arreglar esto.

Prematuro compra su cuota, incluyendo el pollo que le toca.

Al salir, intenta devolverle el favor.

—Quédate con el pollo.

—Es tuyo.

—Puedo conseguir comida... acuérdate de los turistas.

Rogelio lo mira con preocupación.

—Ten cuidado.

Prematuro sonríe.

Días después, regresa con el dinero.

—Ya arreglé lo mío —dice Rogelio—. Tengo un documento que acredita que estoy vivo.

Vuelven a la bodega.

La fila es aún más larga, pero cuando llega su turno, ya no queda pollo.

Regresa a casa con arroz... y un poco de azúcar. Camina despacio, con los hombros caídos.

El sol comienza a esconderse.

Al pasar frente a la iglesia, esta brilla como el oro.

Un perro flaco se le acerca y ladra.

—¿Qué quieres? —pregunta Rogelio.

—Aléjate —dice Prematuro.

—No... quiere decirme algo.

Rogelio acaricia su cabeza.

El perro gime.

—Tienes hambre... ¿verdad? ¿Te dejaron atrás?

El animal mueve la cola.

—Ven conmigo —dice Rogelio—. No tengo mucho... pero lo compartiré.

El perro lo sigue.

La línea

Foto de Prematuro

Capítulo 16

Matilda

(Amelia)

Tras un corto trayecto en coche, llegamos a la casa de Matilda. El conductor nos deja frente a su puerta, la única en la cuadra que no está protegida por una reja de hierro.

A ambos lados de la estrecha calle se alinean casas adosadas, parte de un conjunto de construcciones de un solo nivel que ocupa casi toda la manzana.

La vivienda de Matilda destaca por su pared verde y sus columnas blancas, que separan cada hogar. Los marcos de madera tallada alrededor de las puertas evocan una elegancia antigua.

Al bajar del coche, un anciano pasa en bicicleta y nos saluda. Lo reconozco enseguida.

Rogelio.

Su historia ya es conocida en todo Remedios: el bodeguero le negó su cuota porque, según los registros, estaba muerto.

Al verme, se detiene.

—Prematuro te estaba buscando. Quiere que hables con el sacerdote para que ofrezca una misa por su madre.

—Gracias por recordármelo, Rogelio —le digo—. He estado tan ocupada que se me había olvidado. Mañana mismo hablaré con el sacerdote.

Me da vergüenza admitir que ya me lo había recordado antes... y aun así lo olvidé.

Tocamos la puerta.

Poco después, Matilda abre.

Es una mujer delgada, de rostro arrugado, con el cabello corto y blanco peinado hacia atrás. Nos recibe con una sonrisa cálida.

—¡Qué sorpresa, Amelia! Hace tiempo que no venías. Veo que traes compañía.

—El caballero necesita hablar contigo —le explico.

Matilda observa a Frank durante unos segundos.

—Pasen.

Nos invita a sentarnos en unos viejos sillones de madera oscura y se sienta frente a nosotros.

—No pareces de aquí —le dice a Frank.

—No lo soy. Vivo en Miami. Estoy aquí para saber más sobre mi madre. Me llamo Frank.

Matilda se queda en silencio por un instante.

—Qué coincidencia... Mi prima Alicia tenía un hijo llamado Frank.

Frank baja la mirada. Luego levanta los ojos.

—Matilda... yo soy su hijo.

Matilda se lleva una mano a la boca.

—Dios mío...

Se levanta con dificultad y se acerca a él.

—Déjame verte... —susurra—. Déjame darte el abrazo que ella esperó darte durante años.

Frank también se pone de pie.

Se abrazan.

El cuerpo frágil de Matilda desaparece entre sus brazos.

Frank aparta la mirada y se seca las lágrimas.

Después de unos momentos, vuelven a sentarse.

—Tu madre rezó mucho por ti —dice Matilda—. En la iglesia le dijeron que habías huido de la familia que te acogió. ¿Qué pasó?

Frank suspira.

—Prefiero no hablar de eso.

—Pero debes hacerlo —insiste ella con suavidad—. Ella merece saber. Siento que su espíritu sigue aquí... esperando.

Frank asiente, visiblemente afectado.

—Mis padres adoptivos me maltrataban. Me golpeaban... me hacían sentir que nadie me quería. No pude quedarme. Me fui.

Hace una pausa.

—Una maestra me acogió. Me protegió. Con el tiempo, me adoptó. Intentamos encontrar a mi madre... pero nunca lo logramos.

Matilda baja la mirada.

—Después de que mataron a tu padre, ella quedó destrozada. Regresó a Remedios y vivió conmigo. Buscó noticias tuyas a través de la iglesia... escribió cartas... pero nunca obtuvo respuesta.

Frank se pasa la mano por la frente.

El silencio pesa.

Me siento fuera de lugar.

—Quizás debería irme... —sugiero— para que puedan hablar con más privacidad.

—Lo siento, Amelia —dice Frank—. No quería quitarte tanto tiempo. Puedo pedirle al chofer que te lleve.

—No te preocupes. Puedo caminar.

Matilda interviene:

—Amelia, mi nieta quiere ir a la Parranda el día 24, pero no la dejaré ir sola. ¿Por qué no vienen ustedes con nosotras?

—No estoy de humor —dice Frank.

—A tu madre le encantaba —responde Matilda—. Bailaba... sonreía. Era feliz.

Frank sonríe con nostalgia.

—Lo recuerdo.

—Cuando llegaba la Parranda —continúa ella—, era como si el espíritu de tu padre volviera a bailar con ella.

Frank suspira.

—Supongo que aquí todos creen en espíritus.

—Existen —dice Matilda con firmeza—. Yo los siento.

Hace una pausa.

—Entonces, está decidido. Vendrán con nosotras.

Frank asiente con suavidad.

—Primero quiero hablar más contigo sobre mi madre. Llevaré a Amelia a casa y luego regreso, si no te molesta.

—Claro que no. Tenemos mucho que recordar.

A pesar de que insisto en caminar, Frank hace que el conductor me lleve. Él decide acompañarme.

Cuando lleguemos, camina conmigo hasta la puerta.

—Me gustaría invitarte a almorzar mañana —dice.

—Me encantaría, pero tengo que trabajar.

—¿No tienes tiempo al mediodía? Podríamos ir a algún lugar cercano... a este anciano le vendría bien compañía.

Sonrío.

—No eres tan viejo, pero está bien. Estaré frente a la iglesia mañana, al mediodía.

—¿Cuál de las dos?

—La más grande.

—Allí estaré.

Como es costumbre, le doy un beso en la mejilla.

Frank se sorprende.

—Lo siento —le digo—. Es lo que hacemos aquí.

Él sonríe.

Matilda

—No te preocupes.
—Hasta mañana.
Entro en la casa.

Capítulo 17

La misa

(Amelia)

Prematuro a la iglesia esa mañana, con un pulóver amarillo brillante de mangas cortas que resalta entre el atuendo conservador de los hombres de la congregación.

Rogelio se sienta a su lado. Con los años, se ha convertido en una especie de figura paterna para él.

Prematuro luce inquieto.

Tal vez porque le prometí que hoy el sacerdote dedicaría la misa a su madre.

Durante años, poco se supo de ella. A Prematuro nunca le ha gustado hablar de sus sentimientos. Ha aprendido a esconder su tristeza detrás de una fachada de alegría.

Pero hoy es distinto.

Cuando el sacerdote anuncia la dedicatoria, algo en él se quiebra. Hace la señal de la cruz y se seca una lágrima con rapidez, como si temiera que alguien lo notara.

El oficiante menciona que su madre falleció el día anterior.

Rogelio le da unas palmadas suaves en la espalda y le susurra algo al oído.

Prematuro levanta la mirada.

Sus ojos recorren la iglesia... hasta detenerse ante la imagen de la Virgen.

Ella alza la vista al cielo, con un gesto de súplica.

En su rostro parece concentrarse el dolor de todo un pueblo: el de las madres que han perdido a sus hijos, el de quienes esperan respuestas que nunca llegan.

La misa

Prematuro, vuelve la atención al sacerdote, que continúa leyendo la Palabra de Dios.

Solo puedo imaginar lo que debe sentir.

Solo.

Sin más familia que los extraños que lo rodean.

Y, sin embargo...

No está completamente solo.

Entonces lo entiendo.

En medio de tanta carencia, de tanta pérdida...

Yo soy rica.

Capítulo 18

La historia de Frank

(Amelia)

Subimos al segundo piso de una casa colonial convertida en el paladar *La Pirámide*. La clientela del almuerzo empieza a llegar, pero aún encontramos una mesa en una esquina, cerca del mostrador.

Manteles blancos cubren las mesas.

Como todo caballero, Frank me ayuda a sentarme. Luego ocupa la silla frente a mí.

Como el día anterior, no abro el menú.

—¿Por qué no pides lo que te gusta? —pregunta.

—Lo que tú ordenes está bien.

—Dicen que aquí hacen buenas pizzas. ¿Te parece?

Mis ojos se iluminan.

—Perfecto.

El camarero regresa con dos vasos altos de agua, y Frank hace el pedido.

—¿Cómo está el trabajo? —me pregunta.

—Igual que siempre. Sin novedades.

Percibo su colonia, suave, almizclada. Lleva un pulóver negro con un pequeño símbolo rojo en el pecho.

—Es el logotipo de Ralph Lauren —dice al notar mi mirada—. Un hombre a caballo.

—No sé mucho de marcas... pero es bonito.

—Gracias.

Hoy hay algo distinto en él.

Una sombra.

¿Cómo puede alguien que parece tenerlo todo cargar con tanta tristeza?

En mis cuarenta y cinco años, solo mi abuelo había sido así conmigo: atento, respetuoso... de otra época.

Frank se disculpa por interrumpir mi día.

—No es una molestia —le digo.

Quisiera preguntarle qué descubrió sobre su madre, pero me contengo.

—Estoy impresionado contigo y con tu familia —dice—. Se siente amor en tu casa. Echo de menos esos días... cuando mis hijos eran pequeños y mi esposa aún vivía. Me sentía invencible.

Hace una pausa.

—Ahora viven lejos. He pensado mudarme... pero no quiero ser una carga.

—Yo no podría vivir lejos de los míos —respondo—. Si no cocino ni hago las colas para ellos, no sobrevivirían. Aquí, nos necesitamos.

—Es una forma de amar muy generosa... ¿y quién cuida de ti?

Sonrío.

La historia de Frank

—Mis sobrinas. Son las hijas que nunca tuve. No necesito mucho para ser feliz... aunque no tener que hacer colas ni sufrir apagones ayudaría.

Me inclino hacia él y susurro:

—Y la represión.

Frank suspira.

—Lo siento... lo estoy haciendo de nuevo.

—Puedes decirme lo que quieras —responde—. Entiendo lo que ocurre aquí.

Hace una pausa.

—Y me indigna.

Miro a mi alrededor.

—Mejor cambiemos de tema —dice—. Ayer aprendí muchas cosas... algunas que habría preferido no saber.

—¿Qué pasó? —pregunto.

Se frota el rostro antes de responder.

—Mi madre tuvo una vida difícil... pero nunca se rindió. Matilda dice que el baile la salvó. Enseñaba danza, competía en la Parranda... y siempre llevaba mi foto consigo. Nunca dejó de esperarme.

—Tuviste una madre extraordinaria.

—Lo fue... aunque vivió sola. Perdió todo... dos veces.

—¿Qué quieres decir?

Frank guarda silencio. Sus manos tiemblan levemente.

—Hay algo que no esperaba escuchar.

Dudo.

—Si quieres compartirlo...

Asiente.

—Cuando llegó a Remedios... no estaba sola.

—¿Cómo?

—Estaba embarazada.

Me quedo inmóvil.

—¿Pero... tu padre ya había muerto?

—Sí.

El silencio se espesa.

Frank aprieta los puños.

—Un oficial fue a su casa. Le prometió salvar a mi padre... si ella accedía a acostarse con él.

Siento que el aire desaparece.

—La amenazó. La obligó.

No dice más.

No hace falta.

Trago saliva.

—Tres meses después, descubrió que estaba embarazada. Cuando llegó a Remedios, dio a luz a una niña.

—¿Tu hermana?

—Ana.

Hace una pausa.

—Creció creyendo que era hija de mi padre.

—¿Y luego?

—La verdad salió a la luz. Se fue a La Habana... buscó al hombre... denunció. No pasó nada.

Bajo la mirada.

—Se quedó allá. Formó una familia. Años después, intentó salir de Cuba.

La historia de Frank

Frank me mira.
—Se ahogó.
—Dios mío...
—Dejó una hija recién nacida con Matilda.
El camarero pasa. Nadie habla.
—La vida aquí... —susurro— no perdona.
Frank asiente.
—Ni allá.
Miro mi plato. La pizza sigue intacta.
El olor, antes celestial, ahora pesa.
—Debo volver al trabajo —digo finalmente.
Frank paga. Salimos.
Caminamos hacia la iglesia en silencio.
—¿Cenarías conmigo esta noche? —pregunta.
—No quiero aprovecharme de ti.
—No lo haces. Me estás ayudando más de lo que imaginas.
—¿Cómo?
—La soledad... —dice— tiene un rostro duro. Y llega un momento en que entiendes que el final se acerca.
Sus palabras me incomodan.
—No puedo pensar tan lejos.
—Deberías. No puedes amar a los demás si no aprendes a cuidarte.
No respondo.
Una anciana nos detiene.
—¿Eres nuevo en el pueblo?
Frank abre la boca para responder.
—Es un amigo —digo yo.

La mujer lo examina con desconfianza. Luego se aparta.

Seguimos caminando.

En silencio.

Capítulo 19

Frank y su sobrina

(Amelia)

Frank y yo nos reunimos una vez más en el restaurante Ebenezer y nos encontramos con el mismo servicio amable que la primera vez.

En el transcurso de nuestra cena, (carne de cerdo, arroz, frijoles negros y plátanos) su conversación es agradable: trabajo, familia y nosotros mismos.

—¿Siempre has vivido en Remedios? —pregunta.

—Sí, nací aquí —le digo—. La única vez que viví fuera de Remedios fue cuando asistí a la Universidad de La Habana para convertirme en abogada.

—No estoy seguro de lo que un abogado podría hacer en un lugar como éste.

Sonreí y acomodé mi cabello detrás de mis orejas.

—En ese momento, yo era joven y un poco idealista.

Él se ríe.

—Eso lo explicaría.

Frank y su sobrina

—Entonces, me gradué y comencé a trabajar para el gobierno, no defendiendo a la gente como esperaba, sino en el mantenimiento de registros — hago una pausa por un momento y miro alrededor del restaurante. Solo hay un grupo de cinco personas en una mesa en el lado opuesto del restaurante. Aun así, acostumbrada a no hablar en público sobre cómo me siento, susurro mi siguiente oración mientras me inclino hacia Frank—. Después de que el acceso a Internet se generalizó, escribí en mi página de Facebook sobre la escasez de alimentos y medicamentos. Expresé mi frustración ante tanta ineptitud. Recientemente, ni siquiera los turistas que se enferman pueden encontrar la medicina que necesitan.

—Lo sé. Traje algunas para diferentes dolencias en caso de que algo me suceda.

El camarero se acerca a nosotros y retira los platos vacíos. Como en la cena anterior, he reservado la mitad de mi comida y le he pedido al joven una caja.

—Supongo que es un sí al flan —pregunta Frank, y sonrío. Después de que Frank pide dos flanes, el camarero se aleja.

—Entonces, mencionaste el acceso a *Internet*. ¿Cómo se puede tener acceso a la red informática dentro de la isla? —me pregunta.

—A través de puntos de acceso públicos. Leí que aproximadamente el 70% de las personas en la isla ahora tienen acceso. Pero es muy limitado.

Y restringido. A pesar de las restricciones, la red les abrió los ojos a muchas personas en la isla.

Hago una pausa y miro a mi alrededor. Entonces, mi enfoque vuelve a Frank. Me mira con curiosidad y sostiene la barbilla con el pulgar e índice.

—Cuando comencé a escribir mis publicaciones, ingenuamente pensé que, al dar mi opinión sobre situación actual, podría ayudar a mi familia y a mis vecinos. Pronto aprendí que había sido un error. Me pusieron en la lista negra —sacudí la cabeza con pesar—. Nunca podré volver a trabajar para ellos. El gobierno aumentó sus salarios para abordar parcialmente el alza de los precios, pero la gente como yo no obtuvo un aumento. La iglesia me paga una fracción de lo que podría ganar trabajando para el estado. Por lo tanto, obtener alimento y satisfacer las necesidades básicas de la vida se han vuelto tareas inalcanzables. Me alegro de que mi hermano y su esposa fueran más inteligentes que yo y no se atrevieran a criticar al gobierno. Además, estoy muy agradecida por la ayuda que estamos recibiendo desde el exterior.

—Estás atascada porque el gobierno es dueño de todo —responde Frank y suspira—. ¿Tienes familia en el extranjero?

—No, pero hace un par de años, un Viernes Santo, publiqué una foto de mi familia en *Facebook*: las dos niñas con sus padres, y mi madre y mi tío con sus andadores. Nos estábamos preparando para ver un programa religioso en la televisión, y estábamos muy felices de que el gobierno hubiera permitido su transmisión. Tomé una foto de la familia reunida alrededor de la televisión, a pesar de que me daba un poco de vergüenza mostrar mi casa por Internet, con sus paredes descascaradas. Lo hice de todos modos —hice una pausa y tomé un sorbo de agua—. Mayda, una residente de Tampa me pidió mi dirección esa noche. La mujer debe de haber sentido lástima por nosotros. No sabía por qué, pero unos días después, recibimos un paquete con comida. Lloré cuando llegó, pensando que Dios nos había enviado un ángel para ayudarnos. Ese día, todos nos reunimos alrededor de la mesa. Mi sobrina menor llevaba un cartel con la palabra «gracias» que ella misma había escrito. La comida que habíamos recibido estaba sobre la mesa. La amable señora nos ha estado ayudando desde entonces.

Frank inhala y sus ojos brillan. Mira hacia otro lado por un momento antes de responder.

—Cuando te escucho hablar de todo lo que está pasando tu familia, pienso en mi madre. Si tan solo hubiera sabido cómo encontrarla. La señora de Tampa es realmente amable. Es inusual encontrar a alguien como ella.

Respiro hondo y miro a Frank a los ojos.

—Déjame preguntarte, Frank. Tu mamá te envió a los Estados Unidos cuando eras niño para salvarte de esto. ¿Valió la pena?

Frank mira hacia abajo. Luego apoya la barbilla en los dedos y responde:

—La vida fue difícil al principio. Extrañaba a mis padres. Mi antigua vida me fue arrebatada, y yo era sólo un niño. Pero después de mi adopción, llegó la aceptación. Estuve resentido contra mis padres durante años, pero ahora, que regresé y he sido testigo de lo que quedó... Ahora, creo que mi madre era una santa. Después de todo, fue ella quien convenció a mi padre de que me dejara ir. Y estoy muy agradecido.

—¡Qué acto tan desinteresado para una madre!

—Todavía no tenían sus visas. No podían irse al mismo tiempo. Yo tenía una *Visa Waiver* que ella había obtenido a través de la Iglesia Católica.

—Fuiste parte de lo que se conoció como el éxodo de Pedro Pan.

—Exactamente. Más de 14.000 niños se fueron solos.

—No soy madre, pero soy tía. No sé si podría dejar ir a mis sobrinas, si dependiera de mí, por supuesto.

Frank mira mis manos. Me avergüenzo de mis uñas cortas y descuidadas y doblo los dedos para ocultarlas.

—¿Alguna vez te has casado? —pregunta—. Y por favor, no tomes mi pregunta de la manera equivocada. Soy un anciano que no busca ninguna actividad amorosa. Solo tengo curiosidad.

—No. Claro que no. Mi familia me necesita — respondo—. Mi hermano y su esposa trabajan todo el día. Mi horario en la iglesia, aquí en Remedios, es más flexible que el de ellos. Es demasiada carga para ellos cuidar a sus hijas y a dos ancianos.

—Amelia, todavía eres joven. La vida pasa tan rápido... Como amigo, te sugiero que pienses un poco más en ti misma; de lo contrario, la vida se te pasará. Puedes elegir ser feliz.

—En esta isla, las decisiones las tomamos nosotros. Si yo no cuido de mi madre y de mi tío, hago largas filas para ellos, los llevo a las citas médicas y acompaño a mis sobrinas en sus actividades cuando sus padres trabajan, ¿quién lo hará? Esa es mi vocación.

—Eres una persona extraordinaria —dice Frank.

—Eres muy amable —le digo y me detengo un momento cuando el camarero regresa con nuestros flanes. Me como un par de bocados. Es tan cremoso y dulce como un pedazo de paraíso en mi boca. Se ríe cuando nota mi expresión alegre.

—Podría comer esto todos los días —le digo. Entonces pienso en mi última conversación con Frank.

—Entonces, dime, ¿qué pasó cuando conociste a tu sobrina? ¿Se sorprendió al encontrarte?

Se ajusta los espejuelos y comparte el encuentro conmigo.

***

Frank y su sobrina

Llegó como un rayo de sol para iluminar la vieja casa. Sonriente y llena de energía, corrió hacia Matilda, ignorando al extraño que estaba sentado frente a su abuela.

—Te extraño mucho, mi abuelita —le dijo a Matilda y le pellizcó las mejillas. Matilda hizo un gesto negativo con la cabeza.

Frank se puso de pie cuando la vio, sin creer lo que veía frente a él, y se llevó la mano al pecho:

—¿Es esta la nieta de mi hermana? —le preguntó a Matilda.

La joven llevaba un par de pantalones blancos y un pulóver rosado desgastado.

—¡Hola! —le dijo a Frank—. No eres de este pueblo, ¿verdad?

Frank hizo un gesto negativo con la cabeza.

Notó sus ojos oscuros: los ojos de su madre. Había tratado de borrar los recuerdos de la última vez que los vio, llenos de lágrimas. Mientras estaba parada en el aeropuerto Rancho Boyeros en La Habana, prometió que pronto estarían juntos nuevamente. Frank le creyó. Su madre nunca le había mentido, pero a medida que pasaron los meses y su vida dio tantas vueltas, perdió la esperanza. Años después, mientras estaba en la universidad, su esposa, una roca de mujer, entró en su vida para curarlo. Veinticuatro meses después, sus pesadillas frecuentes terminaron. Por fin se sintió seguro. Ahora, esta joven había revuelto todo en su mente: desde el precipicio, la falta de pertenencia al mundo, la soledad, la sensación de abandono de todos los que alguna vez lo habían conocido...

***

Suspiro después de que Frank termina su historia.

—A veces es mejor dejar el pasado en el pasado —le digo.

—Por otro lado, solo porque una herida esté oculta, no significa que no esté allí. Necesitaba saber qué le pasó a mi madre.

—Estás buscando un cierre.

—Supongo que sí.

—¿Qué vas a hacer? Sobre tu sobrina, quiero decir... Matilda es muy anciana. El día en que muera, su nieta no tendrá a nadie que la cuide.

—He estado pensando en eso. Matilda quiere que encuentre al padre y al hermano de Clarita.

—La vida te ha dado un nuevo propósito.

—Más de lo que esperaba.

Continuamos reuniéndonos para almorzar y cenar la mayoría de los días, excepto el sábado antes de Navidad. Si hubiera sabido lo que iba a pasar ese día, habría cancelado ese viaje

.

Capítulo 20

Viaje a Camajuaní

(Amelia)

El viento agitaba las largas y negras cabelleras de mis sobrinas, mientras viajábamos de pie en la parte trasera de un camión junto con otros pasajeros de Remedios. Mi cabello era mucho más corto porque no tengo tiempo para cuidarlo.

Mientras el camión nos llevaba por un largo y sinuoso camino, rodeado de exuberante vegetación, palmeras reales dispersas y tierra roja, nos aferramos las unas a las otras para no caernos.

Respiré el aire campestre, impregnado de rocío, y escuché el canto de los pájaros, solo interrumpido por el motor del camión y las conversaciones casuales. La luz del sol coloreaba los pastos verdes e iluminaba los cielos azules.

Después de unos minutos, a nuestra derecha, notamos el alto y familiar letrero de fondo blanco con el nombre «Camajuaní» en letras negras. Los ojos de Andrea se iluminaron:

—¡Ya casi llegamos! —dijo. Asentí con la cabeza.

El pueblo y municipio de Camajuaní se encuentran en un valle, con vistas a una frondosa cordillera.

Nadie sabe realmente dónde se originó el nombre de este pueblo. La versión más aceptada es que es de origen indígena y que significa «aguas claras».

En 1705, una comunidad indígena se había asentado en la orilla oriental del río Sagua La Chica, cerca de la cueva de los cerros del Palenque. Sin embargo, la zona no experimentó su auge más significativo hasta mediados del siglo XIX, con la expansión de la industria azucarera, lo que conllevó la construcción de numerosos ingenios en la región. Las torres de los ingenios azucareros que una vez trajeron prosperidad a los barrios circundantes, como Carmita, Fe, Vega Alta y La Julia, ahora están en ruinas. Algunos molinos continúan funcionando a una capacidad reducida. Las plantaciones de azúcar de La Julia manejan actualmente toda la producción local durante la temporada de cosecha, pero incluso ellas están en declive.

Alrededor de 320 personas trabajan en la Cooperativa La Julia. A los ingenieros se les paga 5.000 pesos y a los técnicos unos 2.500 pesos (unos 20 dólares). El pago de los trabajadores, a menudo se retrasa porque las fábricas están muy endeudadas con el Banco Central de Cuba. La industria está desapareciendo. Por lo tanto, no es de extrañar que el azúcar esté tan escaso.

La lista de deseos de mis sobrinas para los Reyes Magos incluye un bombón de chocolate y de felicidad para la familia, deseos que no podré cumplir.

Delante de nosotros, dos mujeres caminan en dirección opuesta a la que viajamos, cada una con una bolsa de plástico blanca. Al caminar, levantan tierra roja al aire.

—¿Puedes comprarme un helado cuando lleguemos allí? —me preguntó Andrea.

—Ya veremos —dije pensando en el poco dinero que llevaba.

Cuando llegamos, el centro de la ciudad parecía más activo de lo habitual. Un tractor bajó por la calle a un ritmo lento, impacientando al conductor del automóvil. Un taxi-triciclo que iba en la dirección opuesta llevaba a una anciana. Había hombres montando bicicletas viejas en ambas direcciones. Un perro delgado trató de atraer la atención de las personas que pasaban, solo para ser ignorado. Pienso en comprar algunos plátanos a un vendedor ambulante. No quiero cargar el paquete todo el día, pero tengo miedo de que, si no lo compro ahora, no habrá ninguno en un par de horas, cuando sea hora de regresar a casa.

Al igual que Remedios, Camajuaní ha comenzado los preparativos para su propia Parranda durante la única época del año en que este tranquilo pueblo despierta. Durante este día, se está construyendo el escenario alto y colorido, por encima de los edificios más altos de esta ciudad. En pocos días, las calles se transformarán. Los sonidos afrocubanos de tambores y trompetas, las estatuas y letreros de ranas y cabras, y las caravanas de personas bailando al ritmo de la música y cantando recorrerán las calles en celebración de la Parranda.

Gente sencilla habita tanto en Camajuaní como en Remedios; el tipo de personas que compartirían lo poco que tienen con un extraño, el tipo de los que viven y mueren y nadie sabrá que existieron. Son amables y cariñosos y preocupados por la familia.

Un amigo mío de Camajuaní me contó sobre un médico que había atendido a pacientes con COVID en la ciudad de Caibarién en 2020. A su regreso a Camajuaní, desde el momento en que salió del taxi amarillo, la gente estalló en aplausos y vítores.

Al igual que en visitas anteriores, los ancianos del pueblo nos recibieron con un «buenos días» mientras caminábamos. Aunque el clima era agradable, las niñas me dijeron que tenían sed y me pidieron que fuera a La Casa del Dulce, que a veces vende postres sabrosos, pero a precios inaccesibles. Les expliqué que no podíamos, y les compré un jugo de frutas para que lo compartieran entre ellas. Me tomé un sorbo de agua de la botella que llevaba en mi bolso.

Entonces, caminamos por el Parque de Camajuaní, frente a la hilera de coloridas casas

95

coloniales, y buscamos refugio del sol bajo una ceiba gigante.

—Gracias por traernos aquí hoy —me dijo Mónica, pero cuando me miró, debe haber notado mi condición.

—Tía Amelia, ¿estás bien?

Me sentí confundida y ansiosa.

—No lo estoy —respondí.

No sabía qué pasó después. Mónica me explicó más tarde que me desmayé y que comencé a tener convulsiones.

Acostumbrada a mis ataques, la mayor de mis sobrinas ya sabía qué hacer. Se arrodilló y me colocó de lado mientras mi cuerpo sucumbía a los movimientos involuntarios. Las hermanas gritaron pidiendo ayuda. Un hombre que conducía una camioneta se detuvo a un costado de la carretera y se apresuró hacia nosotros.

—¡Mi tía está convulsando! —Mónica gritó—. Es epiléptica.

—¿Qué necesitas que haga?

—Tenemos que esperar a que termine el ataque para llevarla al hospital. Cuando se cayó, se golpeó la cabeza.

Él obedeció. Las convulsiones duraron cuatro minutos, pero no volví en mí de inmediato. Entonces, el conductor Antonio y otros dos hombres me llevaron a la parte trasera de su camioneta. Las niñas se sentaron a mi lado.

Habían pasado varios meses desde mi último episodio. Por lo general, me sucedía cuando estaba muy estresada, pero hoy me tomó por sorpresa. Tal vez había estado preocupada por lo que Frank me dijo: *llegar al final de mi vida y darme cuenta de que debería haber pensado más en mí misma.*

Cuando desperté, me encontré rodeada por la enfermera, Antonio y las niñas. Ellas me explicaron lo que sucedió.

—Mi nombre es Antonio Castañeda Rodríguez —dijo el hombre—. Realmente me asustaste. Nunca había visto a nadie con una convulsión.

—Lamento haberte molestado.

—Oh, no es una molestia. Estaba regresando a la finca cuando las niñas me llamaron. No podía dejarlas así. ¡Estaban tan asustadas!

—Déjeme buscar al médico —dijo la enfermera—. Volveré pronto.

Después de que la enfermera se fue, recordé los plátanos que había comprado.

—¿Dónde están los plátanos?

—Los tengo en esa silla —dijo Mónica.

—Pensé que te habías muerto —dijo Andrea, y apretó y arqueó los labios como si fuera a llorar. Agarré su mano y se la apreté.

—No me moriré por mucho tiempo, mi amor.

—Tía Amelia, ¿qué vamos a hacer ahora? ¿Cómo volveremos a Remedios?

—¿Eres de Remedios? —preguntó Antonio.

—Así es. Nacida y criada.

—Hace muchos años, mi abuelo le vendía frutas y verduras a un hombre llamado Manuel. Eran buenos amigos. ¿Lo conocías?

—Claro que sí —respondí.

—¿De veras? —preguntó Antonio. El hombre de tez bronceada, de unos cuarenta años y con una sonrisa afable, cruzó las manos sobre su cabeza—. ¡No puedo creerlo! ¿Eres familia de Manuel?

—Soy su nieta, Amelia.

Antonio hizo un gesto negativo con la cabeza.

—¡Increíble! —dijo.

—Qué mundo tan pequeño —respondí—. Si mi abuelo estuviera aquí...

—Tengo entendido que era un gran hombre.

—Uno de los hombres más cariñosos que he conocido. Soy afortunada de que haya sido mi abuelo.

Siguió un breve silencio. Antonio jugó con el sombrero de paja que llevaba en la mano y me miró tímidamente.

—Bueno, Sra. Amelia. Si no te importa, me encantaría invitarte, a ti y a las niñas, a mi humilde hogar. Es muy humilde. Está en medio de nuestra pequeña granja. Me gustaría compartir un pedazo de mamey con ustedes, si les gusta ese tipo de fruta. Tengo uno maduro, de buen tamaño.

—¿Mamey? —preguntó Mónica.

—¿Qué es eso? —indagó Andrea.

—Es carmelita por fuera y rojo por dentro. La fruta más dulce que he probado —respondió Mónica.

—También podríamos almorzar. Mi madre está haciendo ajiaco.

—No he probado ajiaco en años —dije.

—¿Qué es eso? —preguntó Andrea.

—Una deliciosa mezcla de verduras, como yuca, boniato, plátanos y maíz, con carne de res o de pollo. Antes de colocar todos estos ingredientes en la olla a presión, se les agrega un sofrito de cebollas con ajo, sal y salsa de tomate. Encontrar y pagar por todos los ingredientes hoy en día es como ganar la lotería.

—Bueno —dijo Antonio—. No sé mucho de la lotería. No ha existido durante más de 60 años. Sin embargo, mi madre es una cocinera fantástica, y te garantizo que será el mejor ajiaco que hayas probado.

—¿Y tu esposa no se molestará si traes a tanta gente a casa para comer?

Antonio miró hacia abajo.

—Ella ya no está. Conoció a un extranjero y me dejó.

—Lo siento mucho.

—Sra. Amelia. Soy un hombre sencillo. No he viajado. Nunca fui a la universidad. La granja es todo lo que conozco. No podía competir.

—No digas eso. Muchas mujeres estarían felices de tener un buen hombre como tú en su vida.

—No he conocido a nadie que pueda traer a mi casa.

Nos quedamos en silencio.

—Entonces, ¿vas a aceptar mi invitación? A mi madre le encantaría verlos a todos. Manuel siempre fue muy amable con cuando visitaba la granja para reunirse con mi abuelo. Además, no hemos recibido muchos visitantes en estos días.

Las niñas me miraron con ojos suplicantes, pero sin decir nada.

—Podemos pasar por allá por un rato. Me siento mucho mejor ahora —le dije.

Sus ojos se iluminaron. —No te arrepentirás.

—Ahora, solo tenemos que esperar al médico —le dije.

No tuvimos que esperar mucho. El médico y la enfermera regresaron momentos después. Él me examinó.

—Probablemente tuvo una conmoción cerebral cuando se cayó —dijo el médico—. Debe tener cuidado. Manténgase hidratada.

—Así haré —dije.

—Si tiene mareos o cualquier otro síntoma inusual, regrese a la clínica de inmediato.

—Por supuesto —respondí.

Momentos después, las chicas y yo salimos de la clínica con Antonio.

Capítulo 21

La mamá de Antonio

(Amelia)

—Mami, estoy en casa —anuncia Antonio cuando entramos en la pequeña y modesta casa en medio de una finca.

La casa solo es accesible a través de un camino de tierra roja que tomamos después de salir de la carretera pavimentada principal, a más de media milla de distancia. Encuentro reconfortante el techo de paja y los pisos de cemento pulido de la casa de campo, y el dulce aroma del ajiaco. Todas las ventanas están abiertas, y a pesar del calor del aire del mediodía, la casa se siente fresca por dentro.

Las paredes solo muestran dos fotografías. Me concentro en una de ellas.

—Son mis padres, poco después de su boda —dice Antonio.

—Y la otra foto es tuya y de tu abuelo. Lo reconozco. Te ves muy joven.

—Han pasado algunos años, pero por favor, siéntense. Están en su casa.

Elijo uno de los cuatro sillones en la pequeña sala.

La mamá de Antonio

—Mónica, siéntate allí y tu hermana en mi regazo.

—Traeré otra silla —dice Antonio.

Se retira y regresa momentos después con otra silla y acompañado de su mamá. Nos ponemos de pie cuando la vemos.

Después de acomodar la silla, Antonio nos presenta a su mamá, Onelia, y agrega: —Mamá, ¿reconoces a esta joven?

Onelia se ajusta los espejuelos y se limpia las manos en el delantal blanco que lleva sobre su vestido de casa.

—Su rostro es un poco familiar, y... ¡mira a esas niñas! ¡Ustedes, todas son tan bonitas! ¡Parecen tres hermosas orquídeas!

—Es usted muy amable. Vamos niñas. Denle un abrazo a Onelia —les digo a mis sobrinas.

Ellas obedecen. Onelia las abraza y luego acaricia el rostro de Andrea. Mi sobrina me mira tímidamente.

—Ha pasado tanto tiempo desde la última vez que un niño entró en esta casa —dice Onelia.

—¿Bueno, mamá? ¿La recuerdas?

Onelia, de unos sesenta años, de piel bronceada y rostro arrugado, agita la mano con desprecio.

—¡Estoy demasiado vieja para tantas preguntas! Solo dime quién es, y no me hagas tantas preguntas.

Antonio se ríe.

La mamá de Antonio

—Genio y figura hasta la sepultura. Esa es mi querida mamá. Ella no cambia —dice—. Bien, entonces te lo diré. Esta es la nieta de Manuel. ¿Te acuerdas de él? El dueño de la bodega de Remedios. ¡El mejor amigo del abuelo!

—¡Por supuesto que lo recuerdo! —responde ella—. Tu padre, Mauro, tenía muy pocos amigos, lo cual dice mucho sobre Manuel. Ahora veo por qué tu rostro me parece tan familiar. ¡No puedo creer que seas su nieta! ¿Dónde se han ido los años? Pero, por favor, no se queden ahí como plantas. Siéntense de nuevo. ¿Quieres un café?

Por mucho que me guste el café, sé lo escaso que está, por lo que respondo rápidamente: —No, gracias. Ya tomé una taza.

La última frase no es cierta.

Todos nos sentamos y comenzamos a hablarle a Onelia sobre mi madre y mi tío. No es que haya mucho que decir. Están en casa la mayor parte del tiempo, viendo pasar la vida. Hablamos de mi abuelo y su bodega, de su generosidad sin límites. Onelia habla sobre su esposo, quien falleció repentinamente al comienzo de la pandemia.

—Lo extraño mucho. Seguí diciéndole que trabajaba demasiado duro, que debería cuidarse mejor, pero no me hizo caso. Ahora, mi hijo debe hacer todo el trabajo, excepto por los pocos trabajadores del pueblo que vienen a ayudarlo todos los días. No puede pagarles mucho, como te puedes imaginar. Mi hijo trabaja muchas horas, desde el

amanecer hasta el anochecer. Treinta años trabajando en esta tierra... desde que era niño.

—¿Desde 1993? —les digo al recordar una
historia que mi abuelo había compartido conmigo.
El gobierno nacionalizó las tierras de Mauro en la
década de 1960. Eventualmente, Onelia y su esposo terminaron siendo dueños de una parte de
las tierras que el gobierno les había quitado.

—Sí, fue entonces cuando nos hicimos cargo
de esta tierra, pero no se veía en absoluto como
ahora. Los que estaban a cargo de ella no sabían
cómo manejarlas, y la mayoría de los cultivos se
habían muerto.

—Eso fue durante el 'Período Especial'. El
gobierno distribuyó pequeñas parcelas de tierra a
los agricultores para aumentar la producción.

—Así es, después de que fracasaran. Aunque para muchos el Período Especial no ha termi-
nado... De cierta forma, ahora somos más afortu-
nados que la mayoría, porque tenemos comida,
pero necesitamos vender nuestros productos en
los mercados estatales. Si tenemos un excedente,
podemos revenderlo a revendedores privados.
Para tener un excedente, debemos trabajar muy
duro.

—Es una vida difícil —observo.

—Sin duda. Los agricultores son las personas más trabajadoras de esta isla.

—¿Qué va a pasar con este país? —pregunto.

La mamá de Antonio

—Oigo a la gente decir que debemos luchar para liberar a Cuba. Algunos de mis sobrinos lo hicieron, y terminaron en la cárcel. Creo que hay fuerzas externas que quieren asegurarse de que las cosas no cambien. ¿Ves cómo están vestidas las fuerzas de Boinas Negras? ¿De dónde vinieron sus armas y uniformes?

—Hay muchas cosas que no sabemos. Mientras tanto, estamos en el limbo de la política mundial, sin un final a la vista —digo.

Permanecemos en silencio por un momento; entonces Onelia mira la imagen en la pared.

—¿Eres casada? —pregunta ella.

—¡Oh no! Tengo demasiadas responsabilidades con la familia —respondo.

Antonio observa nuestras interacciones en silencio. Mientras su madre habla, noto que Antonio me mira. Intercambiamos miradas por un momento, y él, nerviosamente, mira hacia otro lado. Su madre se da cuenta.

—Entonces, Antonio, ¿no vas a decir nada?

Él se ríe.

—Estaba pensando en lo que dijiste —responde.

—Dije tantas cosas. No he dejado de hablar en los últimos treinta minutos.

—Sobre las orquídeas. Amelia, pareces una orquídea. No solo son hermosas, sino que, ¿sabías que las orquídeas tienen muchos usos en la medicina tradicional?

—¿De veras? —pregunto.

—Ponen en orden los pensamientos y te enseñan a disfrutar de la vida. Los chinos también las usan en la terapia de colores.

—¿Terapia de colores? —pregunto.

—Sí. Esto se remonta a la antigua China.

Onelia sacude la cabeza.

—Este hijo mío —dice ella—. Es el hombre más trabajador que conozco, pero su cabeza siempre está en las nubes. Antigua China. ¡Vamos! ¿Es eso en lo que estabas pensando?

Mira a su madre, pero no responde.

—De todos modos, nuestras visitantes tienen hambre. Es casi la hora del almuerzo. ¿Por qué no me ayudas a poner la mesa?

—Onelia, no tienes que darnos el almuerzo. Mi cuñada nos lo está preparando.

—Tonterías. Puedes comértelo para la cena. No permitiré que un visitante mío salga de mi casa con hambre.

Le sonrío.

—En ese caso, te ayudaré —respondo—. Si me lo permites.

—Amelia, necesitas descansar —dice Antonio—. Ayudaré a Mamá.

Unos minutos después, todos estamos reunidos alrededor de la mesa disfrutando de ajiaco, arroz blanco y tajadas de mamey. Onelia y yo dominamos la conversación. Antonio solo dice unas pocas palabras, tan diferente a cuando lo vi en la clínica. Después de un rato, Onelia se vuelve hacia mis sobrinas.

La mamá de Antonio

—Bueno, chicas, ¿cómo está la escuela?

—Bien —dice Andrea—. Obtengo mejores calificaciones que mi hermana.

—Eso no es cierto —dice Mónica—. Ambas obtenemos buenas calificaciones.

—Eso es maravilloso —dice Onelia—. ¿Hay algo interesante que quieras contarme?

—Mi tía Amelia tiene novio —dice Andrea.

Mis ojos se abren de par en par. Me pregunto si mi sobrina de seis años ha escuchado comentarios de personas del pueblo que me han visto con Frank. Antonio me mira con decepción.

—Andrea, Frank no es mi novio. Vino a Remedios para tratar de averiguar sobre la vida de su madre. Nos hemos convertido en buenos amigos. Es todo. ¿Dónde escuchaste tal cosa?

—De mis amigos en la escuela —dice.

—Diles a tus amigos que están equivocados. ¡No deberían estar difundiendo rumores como ese!

—No te preocupes —dice Onelia—. Conoces a los niños.

—Me molesta porque no me gusta ser objeto de conversación en el pueblo. Frank es de los Estados Unidos. Es un caballero mayor. Buen hombre. Él no está buscando una esposa, y yo no estoy buscando un marido. No sé por qué la gente comienza rumores cuando ven a un hombre y a una mujer disfrutando de una buena comida.

—Los pueblos pequeños son así —responde Onelia—. No te preocupes.

La mamá de Antonio

Estoy visiblemente enfadada con los comentarios de mi sobrina. Pido usar el baño. Me estoy sobrecalentando y temo que, si no me salpico agua en el rostro, podría volver a tener convulsiones. Paso unos minutos en el baño. Después de regresar a la mesa, me siento mejor. Andrea me da una mirada de culpabilidad. La miro fijamente en silencio.

—Lo siento Onelia y Antonio —digo.

—No es necesario excusarte —dice Onelia— los niños repiten lo que dicen los adultos.

—Tal vez uno de los amigos de Andrea escuchó algo en casa. Me molesta mucho. He estado sola desde que tenía veinte años. Casi veinticinco años. Lo último que tengo en la mente es tener un novio. Mi tiempo ha pasado.

—No digas eso —dice Onelia—. La soledad tiene una cara fea. Te lo digo por experiencia. Estas niñas crecerán. No siempre estarán a tu lado. Debes pensar en eso.

Permanezco en silencio hasta que Onelia pregunta.

—¿A alguien le gustaría algo más de comida?

—No, gracias —le digo—. Comimos más hoy de lo que hemos comido en años. ¡Tan delicioso! Muchas gracias por su hospitalidad.

Después del almuerzo, Antonio nos lleva a casa. No dice mucho en el camino. Para romper el silencio, le hago preguntas sobre sus padres y la granja. Sus respuestas son cortas y al punto.

La mamá de Antonio

Cuando llegamos, lo invito a pasar, pero me dice que tiene algunas gestiones pendientes. Me asegura que volverá algún otro día. Me doy cuenta de que le había quitado horas a su ajetreado día y no insisto.

—Gracias por todo —le digo antes de que se vaya. Él sonríe, asiente y se marcha.

Capítulo 22

La Parranda - 2022

(Amelia)

En dos días, Frank, el extraño que vino a este pueblo y viró mi vida al revés, se marchará. Pero esta noche, por primera vez en muchos años, voy a la Parranda, junto con Frank, mis sobrinas y sus padres. Matilda y su nieta, Clarita, también vendrán. Una vecina se quedó en casa cuidando a mi madre y a mi tío.

¡Me siento emocionada por primera vez en años! Pero también, nerviosa.

Cuando cae la noche, todos salimos de mi casa a pie. Mientras caminamos, los sonidos de la música y las voces de los asistentes a la Parranda se hacen más fuertes. La noche es agradable, no demasiado calurosa, y el viento suave, me trae la esencia de los jazmines. Caminamos por el medio de la calle. La acera es demasiado estrecha para todos nosotros. Además, no hay tráfico a esta hora, aunque en realidad no hay mucho en los días normales.

—Tía Amelia, te ves tan bonita con ese vestido rosado —dice Andrea.

Ella y su hermana usan vestidos a juego que su madre les hizo, ambos de color azul claro con tirantes anchos.

Le doy un breve abrazo y le agradezco.

Luego de caminar unos minutos, nos encontramos en la plaza principal, rodeados por la multitud. Los fuegos artificiales iluminan el cielo nocturno, y la gente baila en las calles con música embriagadora. El ron vaga por la calle e infunde su olor al aire en esta noche del 24 de diciembre de 2022.

—¡Abuela Matilda! —grita la sobrina de Frank para que Matilda pueda oírla entre tanto ruido—. Mi amiga está allí —señala en su dirección—. Voy para allá a bailar con ella.

—¡Clarita, no! Tienes que quedarte aquí conmigo. Si quieres bailar, tendrás que hacerlo a mi lado.

—Por favor, déjame. Nunca puedo hacer nada divertido.

—Llama a tu amiga para que venga acá. Las dos pueden bailar junto a su familia. Y eso es definitivo.

Clarita no obedece al principio. Luego, zapatea inconformemente, inhala y le indica a su amiga que venga. Su amiga, de la misma edad, se une a nosotros y las dos niñas comienzan a bailar, mientras mis sobrinas las miran y, ocasionalmente, intercambian miradas. Puedo notar que Mónica quiere bailar por los movimientos que hace.

—¡Frank! —exclama Matilda—. Todavía puedo ver a tu madre bailando por estas calles. Creo que ella está aquí, con nosotros. Si cierras los ojos y dejas que la música te lleve, sentirás su presencia, como yo.

—No creo en fantasmas —responde Frank.

—¡Pruébalo! Insisto. Abre tu mente. Cierra los ojos. Respira el aire nocturno. Sumérgete en la música y en el momento. Sentirás su presencia.

Frank sacude la cabeza, pero como si se diera cuenta de que Matilda no se rendirá, la obedece. Todos lo miramos, excepto Clarita y su amiga que todavía están bailando. Sus ojos permanecieron cerrados más tiempo de lo que esperaba. Entonces, sucedió algo extraño. Un viento suave que sale de la nada nos envuelve.

—¿La sentiste? —Matilda pregunta.

Frank abre los ojos, se cruza de brazos y los frota con las manos.

—Eso me dio escalofríos —confiesa.

—La sentiste, ¿verdad? —Matilda dice.

Él la mira, estupefacto.

—Tu madre nunca se ha ido de Remedios, Frank. Ella siempre ha estado aquí, esperando tu regreso.

Las luces brillantes y coloridas de la carroza, a solo unos pies de nosotros, me permiten ver el rostro de Frank. Conmovido por la emoción, las lágrimas le escapan de los ojos. No me gusta ver llorar a un hombre, así que le doy un abrazo.

—Es bueno dejarlo salir, Frank —le digo—. Lo has encerrado todo durante demasiado tiempo.

Me deja abrazarlo. Matilda y mis sobrinas también lo abrazan.

De repente, entre la multitud, escucho una voz.

—¡Amelia! Sra. Amelia.

Dejo de abrazar a Frank y miro en la dirección de la voz. Veo a Prematuro, vestido con la misma camisa amarilla brillante que llevaba durante la misa de su madre.

—Estoy muy contento de verte aquí con tu novio —dice Prematuro después de reunirse con nosotros. Mis sobrinas y su mamá se ríen, y se tapan la boca con las manos.

—¡Frank no es mi novio! Es un amigo. ¿Cuántas veces tengo que explicar esto? —estoy gritando estas palabras, para que él pueda oírme.

—No hay necesidad de enojarse, señora Amelia —dice—. Solo vine a agradecerte por la misa de mi mamá. No pude hacerlo antes.

—No te preocupes. Perdona que no se haya podido hacer antes.

—No importa. Siempre estás muy ocupada. Bueno, ahora que no tienes novio, ¿puedo bailar contigo?

—¡No! No voy a bailar de esa manera.

—Estos son los sonidos de los tambores africanos, de los antepasados españoles y de los indios taínos. Esta es la música de las plantaciones de azúcar: bongos, güiro y maracas. Vamos, Amelia. Deja que los espíritus te lleven.

Prematuro comienza a bailar. Deja que la música impulse sus movimientos magistralmente, llamando la atención de quienes lo rodean.

—¡Vamos, Amelia, baila!

Mis sobrinas y Frank me animan a bailar, al igual que Clarita y su amiga. No he bailado desde mis veinte años. Miraba programas de baile en la televisión cuando era niña, y podía moverme bien al son de la rumba y de los ritmos africanos, pero han pasado muchos años.

—Vamos, tía Amelia —dice Andrea y se mueve de manera descoordinada, como de costumbre. Su hermana también comienza a bailar y me anima.

Finalmente, empiezo a bailar.

—¡Eres muy buena bailadora! —dice Mónica.

Me río. Pronto, todos estamos bailando, incluso Matilda. Me siento libre al dejar que mi cuerpo se mueva así, sin preocupaciones ni frenos.

Miro a mi alrededor temiendo que la gente me reconozca. Hay tanta gente aquí; muchos, de fuera del pueblo. Miro en la distancia, a pocos metros de donde estamos, y veo un rostro familiar. ¿Podría ser? Lleva un ramo de flores. Parecen orquídeas, pero ¿qué está haciendo aquí? Cuando me ve bailando con Prematuro, se congela en su lugar. Luego arroja las flores al suelo y desaparece entre la multitud.

Capítulo 23

Otro año más

(Amelia)

Estoy mirando docenas de fotos en blanco y negro y recortes de periódicos que mi abuelo me dejó. Mi abuela se ve tan elegante con su collar de perlas, un vestido negro que le llega por debajo de las rodillas y su bolso y tacones a juego. Abuelo Manuel tiene puesta su guayabera favorita.

Cuba se veía muy diferente en ese entonces, con edificios bien cuidados y mujeres que llevaban vestidos elegantes. Es cierto que teníamos otro dictador en el poder, pero, según mi abuelo, quien vino de la nada y alcanzó el éxito, la vida era mucho mejor en ese entonces.

¿Es esto por lo que luchó la gente?

Si mis abuelos volvieran a vivir, ¿reconocerían este lugar? La belleza de sus verdes pastos, sus palmas reales, la tierra roja del campo y las aguas verde-azules que acarician las arenas blancas de nuestras playas no se ha desvanecido. Tristemente, un velo de desesperanza cubre nuestro pueblo, aliviado solo por la risa de los niños y la unidad de las familias.

Otro año más

Varias generaciones comparten nuestros hogares. El amor mutuo, por Dios y por la familia, nos ha sostenido mientras observamos la destrucción de nuestro país.

El año 2022 está llegando a su fin. A medianoche, todos los adultos brindan con tragos de ron por un feliz Año Nuevo. Luego, continuando con la vieja tradición, tiro un cubo de agua afuera para eliminar todas las cosas malas del 2022 y comenzar de nuevo.

Capítulo 24

Después de su retorno

(Amelia)

Es el 22 de febrero de 2023. En los últimos diez días, los apagones masivos se han extendido desde Matanzas hasta Santiago de Cuba. Han habido cuatro en diez días. El más reciente ha sido hoy, de 3 p.m. a 10 p.m. Tenemos la suerte de contar con una estufa de gas, por lo que pudimos cenar. Otras familias no tienen tanta suerte.

Han pasado varias semanas desde que Frank se fue, y mi vida ha regresado a la misma rutina.

Enero de 2023 marcó el sexagésimo cuarto aniversario desde que un grupo de revolucionarios barbudos, con crucifijos colgando de sus cuellos y promesas de un futuro mejor, hicieran su entrada victoriosa en La Habana, montados en jeeps y camiones, sus botas aún cubiertas con la tierra rojiza del campo.

Mi abuelo me dijo que toda la isla se convirtió en una bandera cubana gigantesca y que multitudes alegres salieron a las calles para celebrar. ¡El dictador Fulgencio Batista había huido!

—Esta revolución es tan verde como las palmeras —anunció Fidel Castro.

Pero también sería tan roja como la sangre.

Pronto, comenzaron los asesinatos y se produjo un éxodo masivo. Si mi abuelo hubiera podido irse, habría nacido en otro lugar, lejos de las imponentes palmeras y de las tierras más hermosas que «ojos humanos han visto», como dijo Cristóbal Colón. Ese impresionante paraíso se convirtió en la cárcel de mi isla.

Más de 600.000 de mis compatriotas se han ido desde el decenio de 1960, incluyendo a más de 270.000 en el último año. Aquellos de nosotros que nos quedamos no tenemos muchas opciones.

Leí los comentarios en *Facebook*.

—Deberían luchar por su libertad.

—Son cobardes por quedarse en casa y no hacer nada.

Si tan solo supieran lo que les sucede a quienes pierden el miedo y cuánta sangre hemos derramado al luchar por la libertad.

El 11 de julio de 2021, la gente salió a las calles a protestar, pero no pasó mucho tiempo antes de que el gobierno les mostrara de qué era capaz. Autobuses llenos de hombres del gobierno, vestidos de civil y armados con bates, fueron desplegados en La Habana. Cabezas rotas, rostros sangrantes, piernas rotas... No les importaba a quién lastimarían.

Luego, los aterradores y altamente entrenados boinas negras; hombres vestidos con

119

uniformes negros y armados hasta los dientes, brigadas de respuesta rápida que parecían evolucionar del mismo infierno, inyectaron miedo en el alma misma de la isla.

Pero ese fue solo el comienzo. En los días siguientes, tras analizar cientos de videos, la policía comenzó a visitar los barrios y a encarcelar a algunos manifestantes.

Algunos de los encarcelados nunca regresaron. Otros, enfrentaron tales palizas que se asustaban hasta de su propia sombra. Aprendimos bien nuestra lección.

Entonces, cuando leo los comentarios en las redes sociales, sacudo la cabeza de un lado a otro. Si pudieran vivir un día en mis zapatos, les mostraría los Comités de Defensa de la Revolución, la presencia policial, las Boinas Negras, los gritos que brotan de nuestras cárceles, cómo son las personas que han sido despedidas de sus trabajos por protestar, los constantes recordatorios para que vivamos en silencio...

Ahora, el silencio ha regresado, pero debo encontrar una manera de seguir adelante.

Frank se fue dos días después de Navidad. Quería pasar el día de Año Nuevo junto a su familia. Lo extraño, pero me alegro de haberlo conocido.

Frank y yo nos hemos convertido en amigos en *Facebook*. Nos comunicamos a menudo. Me cuenta sobre sus viajes anteriores a Finlandia, un lugar donde el sol no se pone durante todo el verano, de principios de mayo a finales de agosto. Me habla de las brillantes luces de la Aurora Boreal. Él comparte conmigo historias sobre París, Madrid, Barcelona, Roma y Venecia, lugares a los que nunca tendré la bendición de visitar. Sus cuentos y fotos me vigorizan.

—¿Pudiste encontrar a tu sobrino y a su padre? —le pregunté.

—Todavía no.

—Matilda está enferma —le dije.

—Lo sé. Me lo dijo la última vez que la llamé.

—¿Qué vas a hacer si no encuentras al hermano y al padre de Clarita?

—Todavía no lo he decidido. Es una gran responsabilidad. Si tuviera a alguien en mi vida, sería diferente.

—Frank, lamento involucrarme. ¿No crees que es hora?

—Mi esposa será la única mujer en mi vida.

—¿Crees que ella querría esa vida para ti?

—No lo creo. Se preocupaba demasiado por mí.

—Entonces, encuentra a alguien.

—No estoy listo.

Decidí no insistir. Ya había dicho demasiado. Le dije que oraría para que Dios le diera claridad de pensamiento. Le sorprendió que me preocupara tanto por su vida con todos los problemas con los que tenía que lidiar.

—¿Y tú que piensas? —dijo—. ¿Cuándo vas a empezar a cuidarte y a encontrar a alguien?

—Estoy demasiado ocupada. Lo sabes. Debo asegurarme de que mis sobrinas no hagan lo que acaba de hacer una joven de dieciocho años de Santa Clara.

—¿Qué pasó?

Comparto las últimas noticias con él. La muchacha asistía a la *Escuela de Iniciación Deportiva Escolar (EIDE) Héctor Ruíz Pérez*, en Villa Clara. Según el informe de las noticias, ocultó su embarazo durante nueve meses. No tenía problemas mentales conocidos, lo que hizo que sus acciones fueran aún más espantosas. A medianoche, con ayuda de una estudiante y de una coordinadora escolar, dio a luz a un bebé de ocho libras. Algún tiempo después, lo arrojó desde el segundo piso. El bebé murió a causa de sus heridas.

La escuela y el gobierno prometieron que se iniciaría una investigación. El gobierno siempre promete investigaciones, y no pasa nada. ¿Cómo pudo una niña que practica deportes ocultar su embarazo durante tanto tiempo?

Este no es el primer evento. En diciembre de 2022, una mujer fue detenida en La Habana tras hallarse el cadáver de su recién nacido en la basura. En noviembre, una bebita fue abandonada en Artemisa.

La falta de anticonceptivos y las condiciones económicas son las culpables, pero hay que hacer algo. El gobierno debería contar con una manera de que las madres que no pueden mantener a sus bebés los entreguen en adopción. Aunque nadie aquí en Cuba pueda adoptarlos, las adopciones internacionales podrían ofrecer una vía.

—Es horrible leer esto, con todas las parejas en este país que lo darían todo por tener un bebé —responde Frank.

—Ahora comprendes el por qué mis sobrinas me necesitan. No quiero que terminen embarazadas y se sientan obligadas a hacer lo mismo.

Él entendió. También compartí con Frank las cartas que mis sobrinas habían escrito a los Reyes Magos. Son como Santa Claus, excepto que en la Cuba de hoy los deseos de los niños son más simples. Este año, en la carta que escribieron, ambas pidieron un bombón de chocolate. La mujer de Tampa les cumplió ese deseo. También nos envió turrones españoles, frijoles negros, arroz, café, leche en polvo y un litro de aceite de cocina, que es muy necesario.

—¡Andrea es tan tímida! —le digo a Frank por mensaje de texto—. La llevo a jugar con otros niños, pero incluso cuando está en un grupo, se queda inmersa en sí misma. Tan diferente a cuando está en casa. Aquí te envío una foto suya en un carruaje improvisado. A diferencia de los que tienen en los Estados Unidos, este es un pedazo de madera con rieles y neumáticos, proveniente de una carreta en su extremo. Fíjate en Andrea, de pie a la izquierda de la imagen. Necesito ayudarla a salir de ese caparazón.

—Sucederá a medida que madure —responde Frank.

—Frank, olvidé mencionarlo, regresé a Camajuaní el otro día, para comprar algunos productos agrícolas, y vi a Antonio, un agricultor que me había invitado a su casa a almorzar.

—No creo que hayas compartido esa historia conmigo antes.

—Bueno, fue vergonzoso. Me había caído y había convulsado. Creo que le gusto.

—¡Eso es bueno! ¿Y tú? ¿Sientes lo mismo por él?

—Es un hombre bueno y trabajador, pero no lo sé.

—Dale una oportunidad. Nunca se sabe.

Cambio de tema y me concentro en Matilda y Clarita. Es hora de volver a mi vida diaria. Las cosas están cambiando en mi existencia. Estoy empezando a disfrutar de estos momentos de conversación con alguien fuera de mi grupo familiar; alguien con quien puedo ser honesta. Se siente refrescante.

Capítulo 25

El llanto de una abuela

(Amelia)

Es el miércoles, 29 de marzo de 2022, unos días antes del Domingo de Ramos, el día en que los cristianos celebran la entrada triunfal de Jesucristo a Jerusalén. Por la mañana, trabajo en la iglesia de Remedios preparándome para las procesiones programadas para el domingo. Esperamos tener la iglesia repleta ese día. A medida que

El llanto de una abuela

las cosas se vuelven más difíciles, más personas del pueblo se han sentido atraídas por la religión.

Tomo mi tiempo de almuerzo al mediodía, pero en lugar de descansar los ojos, navego por *Facebook* en busca de algo que me llame la atención. Me detengo cuando veo un video. Por alguna razón, el rostro de la mujer en el video me obliga a mirarlo.

Su nombre es Nilda Beatriz. Desde el principio, sus palabras me sacudieron hasta el centro de mi ser. La descendiente de africanos habla con el corazón abierto de par en par. Sus dientes rotos, su mirada triste, las emociones que se deslizan por su rostro y sus palabras tan llenas de emoción hacen eco de los gritos del pueblo cubano. Ella es Cuba en carne y hueso. La escucho atentamente:

Estoy sentada en la sala de mi casa, muy molesta después de mi viaje a la tienda. ¡Seiscientos pesos por una caja de detergente! Una pensión es de 1.500 al mes y el salario mínimo de 2.100 al mes.

¿Cuánto tiempo? Es una broma, una falta de respeto al indefenso pueblo cubano. Estoy cansada. Todos los días, mi alma se despierta en un estado de depresión. Preferiría vivir como un mendigo en la peor calle de Nueva York que bajo mi techo; y no estoy sola.

Se suponía que no debía verme así. Pero le debo mi destrucción física al gobierno totalitario que nos gobierna.

127

El llanto de una abuela

Me levanto y no desayuno. El cerebro necesita buena comida para funcionar, no la carne molida falsa que venden las tiendas del gobierno. Queremos de la comida que comen los turistas y los líderes de este país.

Mi agonía no es nueva. Ha durado años. Perdí mi trabajo por hablar en contra del gobierno. No hay suficiente comida ni medicamentos para los niños. ¿Hasta cuándo gente de Cuba? ¿Hasta cuándo?

He estado tan hambrienta que me he desmayado en la calle. Me he bañado con detergente.

¿Hasta cuándo cubanos? ¿Hasta cuándo?

Los cubanos siempre han tenido que inventar. Las personas en el extranjero deben comprar alimentos para sus familiares en la isla a precios muy altos. ¿Por qué?

El sábado, cuando regresé a casa, había recibido una cita para votar. ¿No entienden que no voto? Saben que no pertenezco a ninguna institución porque todas responden al PCC (Partido Comunista de Cuba).

He tratado de hacer las cosas que me adoctrinaron a hacer: ser amable, ser buena y buscar justicia. Pero cuando dije la verdad, fui castigada. No confío en ninguno de ellos. No puedo ser cómplice del mal. Soy una cristiana quien reconoce sus imperfecciones. Reconozco mis pecados, especialmente cuando leo la Biblia. Sin embargo, si permito el mal y no lo enfrento, también sería una criminal, como dijo José Martí.

El llanto de una abuela

Ayer, vi a un anciano sentado en un parque, con un catéter conectado a una botella de plástico cortada por la mitad. Estaba orinando. ¡Un pobre anciano! Iba de camino a buscar un par de zapatos para mi nieta. ¿Por qué? Pregunto.

Pero no es el único. ¿Cómo puedo ayudar a Pedro Dagoberto Valdivia, otro anciano que vive en una parada de autobús? No quiere ir a una casa de ancianos. No hay amor en estas instituciones y, cuando no hay amor, no hay justicia.

¡Estoy cansada! Somos seres humanos con la dignidad que Dios nos dio, porque Dios mismo es digno.

¿Cuánto tiempo más tendremos que soportar esto?

No puedo decir más. Demasiado dolor. Dios los bendiga a todos. Compartan esta publicación. Estoy del lado de la luz, no del de la oscuridad. No apoyaré las mentiras ni la oscuridad. Solo Dios puede liberarnos de la tiranía que nos ha oprimido desde 1959.

Soy Nilda Beatriz Alcántara Martínez.

Me seco las lágrimas de las mejillas. Me imagino el infierno en el que vive esta mujer después de haberse decidido a comenzar una guerra de palabras contra quienes están a cargo; una guerra que tal vez nunca gane.

Capítulo 26

Domingo de Ramos

(Amelia)

Es el 2 de abril de 2023. El pueblo de Remedios se ha desplazado por las calles para sumarse a la procesión de este Domingo de Ramos. A la cabeza de ella hay varios sacerdotes vestidos con largas batas blancas y una capa roja. Durante este día soleado, los cielos azules contrastan con las palmeras verdes a un lado de la iglesia. Las monjas caminan entre la multitud, todos celebrando el primer día de la Semana Santa, que marca la entrada de Cristo en Jerusalén. Mis sobrinas y yo nos unimos a la procesión mientras mi hermano y su esposa cuidan a mi madre y a mi tío. Se siente bien caminar por las calles en apoyo de nuestra religión: es un paso en la dirección correcta, pero hay mucho más por hacer.

Durante más de cuarenta años, desde el inicio de la revolución, procesiones como éstas no habrían sido posibles. Cuando Fidel Castro asumió el poder en 1959, desalentó la práctica de la religión, ya que creía que contradecía la doctrina marxista. Entre 1959 y 1961, la propiedad del clero fue nacionalizada y más del 80% de los sacerdotes abandonaron Cuba voluntariamente o se vieron obligados a irse. En 1971, la Arquidiócesis de La Habana reportó sólo 7.000 bautismos. En 1991, esa cifra había aumentado a 33.569.

Después del colapso de la Unión Soviética y de la agotación de sus subsidios a Cuba, el gobierno cubano cambió su posición respecto de la religión. En 2008, Raúl Castro, hermano de Fidel Castro, asistió a la inauguración oficial de la primera Iglesia Ortodoxa Rusa en Cuba. Algunos creen que el gobierno permite la práctica de la religión porque ve en ello su propio beneficio. Al menos, me alegro de que mis sobrinas puedan creer en Dios sin temor al ridículo. Veo la diferencia entre los niños que tienen a Dios en sus vidas y los que no. En momentos como estos, es muy importante tener fe.

Después de un corto paseo, lo veo entre la multitud. Él viene hacia mí con una sonrisa brillante y una maceta de orquídeas en la mano. Nos hemos visto ocasionalmente durante mis viajes a Camajuaní, cuando mis sobrinas y yo nos hemos sentado en un banco del parque para descansar. Se sentaba con nosotras para hablar de su granja, del clima o de su mamá. Les preguntaba a las niñas sobre la escuela y nos escuchaba atentamente mientras hablábamos.

Durante nuestro primer encuentro, después de la noche en la Parranda, cuando me vio en el parque, se disculpó por su comportamiento.

—Estaba celoso cuando te vi bailando con otro hombre. Tenía la esperanza de que pudiéramos... —se detuvo, sin decir más, frente a mis sobrinas.

—Prematuro es un amigo, y Frank también. Sin embargo, ¿por qué estarías celoso?

—Esperaba poder... Sabes... Los dos estamos solos.

—No estoy sola.

—Bueno, tal vez no ahora, pero lo estarás algún día y, cuando lo estés, quiero estar aquí.

—No he salido con nadie en más de veinte años. Mi tiempo ha pasado. Además, tengo obligaciones con mi familia.

—Eso es exactamente lo que encuentro atractivo. Eres una mujer decente. No quedan muchas mujeres como tú en este mundo, menos aún en este pueblo.

Continuamos reuniéndonos de forma casual, como amigos, sin compromiso. Hoy se ve diferente, vestido con una camisa blanca impecable y pantalones negros; su cabeza, cubierta de cabello grisáceo, peinado cuidadosamente hacia atrás.

—Amelia, estas orquídeas son para ti. Orquídeas para una orquídea.

Sonrío.

—Eres un hombre inusual, Antonio. ¿Puedes sostener las orquídeas mientras caminamos? Llevo esta hoja de palma.

—Por supuesto. No me voy a rendir —dijo, y luego se volvió hacia las chicas y agregó: —¿Puedo pedir prestada a su tía después de la procesión?

Las chicas asintieron con entusiasmo.

—¡No pueden prestarme a nadie! ¡Yo tomo mis propias decisiones! —digo sonriendo mientras caminamos.

Una monja me mira con una expresión seria.

—Será mejor que dejemos esta conversación para más adelante. Podemos dejar a las niñas y las orquídeas en casa después de la procesión, y yo puedo acompañarte.

—Me harás el hombre más feliz de Camajuaní. Gracias.

Camina a mi lado, feliz como el sol de la mañana, esperanzado, mientras sus orquídeas púrpuras iluminan mi día.

Capítulo 27

La propuesta

(Amelia)

Prematuro está pasando por mi casa cuando me ve subiéndome al viejo camión verde de Antonio. Nos brinda su aprobación a través de sus gestos y su sonrisa. Muevo la cabeza de un lado a otro y lo saludo. Prematuro nunca cambia.

Cuando Antonio cierra mi puerta, escuchamos la bisagra chirriar.

—Lo siento por el ruido —dice Antonio.

—No te preocupes. ¿A dónde me llevas? —le pregunto mientras pone el camión en marcha.

—¡Es una sorpresa! —dice con una brillante sonrisa que revela sus dientes manchados de café. Su sombrero de paja y sus fuertes y bronceados brazos lo hacen lucir atractivo.

—Es un hombre de verdad —me había dicho mi madre cuando se enteró de que, en varias ocasiones, nos habíamos visto en el parque durante mis visitas a Camajuaní.

—¿Te gustaron las orquídeas que te traje? —pregunta.

—¡Son hermosas!

—Las planté yo mismo. Son tan lindas como tú.

—Siempre eres tan amable.

—No miento. Es cierto. Casi se me olvida. ¿tienes hambre?

—Todavía no he almorzado.

—Yo tampoco. Le traje sándwiches de queso a tu mamá y dejé un par para nosotros. Los había puesto en su refrigerador antes de ir a encontrarme contigo. Me dio los nuestros antes de salir de casa. El queso está hecho con la leche de mis vacas. Mamá hizo el pan con nuestra propia harina.

—¿Están en la bolsa que mi madre te entregó antes de que nos fuéramos?

—¡Sí!

—¿Qué más están escondiendo ustedes dos?

Se ríe y me entrega la bolsa. Mientras conduce, me mira de vez en cuando y comienza a comer su sándwich. Me como el primer bocado y cierro los ojos con placer mientras saboreo la textura cremosa del queso, tan sabroso.

—¡Celestial! No tenías que hacer esto. Siempre estás tan ocupado.

—Tu expresión valió la pena. Entonces, supongo que te gusta.

—¡Me encanta!

—Toma un poco de agua. Traje dos botellas.

—Has pensado en todo, ¿verdad? —digo.

Él asiente con entusiasmo.

La propuesta

Más de cuarenta minutos después, llegamos a Santa Clara.

—¿A dónde me llevas?

—Ya verás —responde y se ríe.

—¿Mi mamá lo sabe?

—No voy a decir nada.

Cuando se detiene cerca del Parque Vidal, mis ojos se llenan de emoción.

—¿Sabías de mi abuelo y de este parque?

—Me lo dijeron.

—Pero...

—Sé que este es tu lugar especial. Es por eso que quería traerte aquí.

Me toma de la mano y lo dejé. Su expresión resplandeciente me dice cómo se siente.

Momentos después, nos sentamos bajo la sombra de un flamboyán, en uno de los bancos donde mi abuelo y yo solíamos sentarnos.

Me mira, me sostiene ambas manos y dice:

—Sé que tienes responsabilidades con tu familia y yo con mi granja. Si no trabajo duro, no como. Entonces, esto es lo que te propongo. Estoy solo; tan solo como tú estarás un día, cuando tu mamá y tu tío no estén aquí y tus sobrinas tengan vidas propias. Esperaré hasta ese día. Pero mientras tanto, no quiero perder la oportunidad de tenerte en mi vida. Si no puedes quedarte en la granja por tus responsabilidades, puedes visitarme los fines de semana. Todo se puede hacer en tus propios términos, pero me harás el hombre más feliz del mundo si aceptas compartir tu vida conmigo.

—Pero... Eso no es justo para ti. Siempre estamos muy ocupados.

—La vida no es perfecta. Nunca lo será. Entonces, ¿qué me dices?

Miro sus ojos color miel mientras espera ansiosamente mi respuesta.

.

Capítulo 28

Clarita

(Amelia)

Fuertes golpes me despiertan a medianoche. Cuando llegué a la puerta, mi hermano ya la había abierto. Al ver a la niña, todavía vestida con su camisón de dormir, llena de emoción, me llevo las manos al pecho.

—¿Qué pasó? —le pregunto.

Cuando me ve, de pie junto a la puerta detrás de mi hermano, empuja la puerta, camina hacia mí y me abraza.

—¡Es la abuela Matilda! —me dice Clarita a través de sus lágrimas—. No despierta, y su cuerpo está frío.

Le pido que entre para no despertar a los vecinos. Me siento a su lado en el comedor y le acaricio el hombro. Mi hermano va a la cocina a traerle un vaso de agua.

— Dime qué pasó. ¡Estaba bien ayer cuando la vi!

—Dormimos en la misma cama. Se fue a dormir temprano. Me quedé despierta haciendo la tarea. Me fui a la cama cansada, pero tuve una pesadilla y me desperté. Ella ronca un poco.

Incluso, cuando no lo hace, puedo oírla respirar, pero... ¡No podía oírla! Me acerqué mucho a ella. Fue entonces cuando la toqué y noté lo fría que estaba. Salí corriendo de la casa. ¡Estaba tan asustada!

—¿Dices que estaba fría? —pregunto.

—Como un trozo de hielo. Y cambió de color. Parecía una persona diferente.

—Su espíritu abandonó su cuerpo —dice mi madre que se había despertado con el ruido y los sollozos—. Lo que viste fue un recipiente vacío.

Sacudo la cabeza.

—Pobre Matilda.

—¿Qué me va a pasar ahora? No quiero que me lleven. Por favor, diles que me dejen aquí; eres una prima. ¡No quiero estar sola!

Miro a mi hermano. Él sabe lo que estoy pensando. Apenas tenemos suficiente para nosotros. Ahora, todos en la casa estamos despiertos, y Clarita está rodeada por mis sobrinas y sus padres, mi madre y mi tío. Todavía estoy sentada a su lado, consolándola.

—Frank estaba tratando de encontrar a tu padre y a tu hermano. No sé si tuvo éxito.

Mentí. Los encontró a ambos, pero ahora tienen sus propias familias.

—¿Te gustaría vivir con tu tío abuelo Frank, en los Estados Unidos?

—Tengo a todos mis amigos aquí.

—Harás nuevos amigos. Eso será lo mejor para ti.

—La abuela Matilda me dijo que nunca me dejaría, ni siquiera el día que muriera. Me dijo que su espíritu siempre me vigilaría. Si me voy, ella no podrá verme.

—Su espíritu irá a donde quiera que vayas —le digo.

—Este es el único lugar que conozco. Por favor, déjame quedarme.

—Me vendría bien otra hermana —dice Andrea acercándose a Clarita y dándole un abrazo.

—¿Y yo qué? —Mónica responde.

Andrea se encoge de hombros. —¿Y qué hay de malo con tener dos hermanas?

Todos los adultos en la sala se miran unos a otros. Nuestros ojos están comunicando lo que nuestros labios no pueden expresar.

—Me pondré en contacto con Frank a primera hora de la mañana. Después de todo, él es el único pariente que tienes y debería tener voz en esto. Por ahora, podemos encontrar un lugar donde duermas.

—Pondremos nuestras camas juntas, y las tres dormiremos en la misma cama —sugiere Mónica.

Estamos de acuerdo. Nos preguntamos si deberíamos ir a ver a Matilda ahora o esperar hasta la mañana. Clarita parecía tan segura. Decidimos esperar.

Durante el resto de la noche, apenas pude dormir pidiéndole a Dios que me guiara. Temía por lo que le pasaría a Clarita en un lugar como éste.

Clarita

Al día siguiente, notificamos a las autoridades del hallazgo del cuerpo. Les digo que Clarita era una pariente lejana, y le permiten quedarse con nosotros. Acompaño a la policía hasta la casa de Matilda, que estaba inquietantemente tranquila cuando entramos. Llevo a la policía a su habitación y veo su cuerpo.

—Está muerta —confirma el policía.

Hago la señal de la cruz y rezo para que su alma descanse.

Cuando salía del lugar, sabiendo que el gobierno se apoderaría de su casa, le pregunté al policía si me permitiría tomar algunas fotos para que Clarita las guardara.

—Se supone que nada debe salir de este lugar —dice.

—Por favor. Se lo suplico. Este será el único recuerdo que Clarita tendrá de su abuela. También tendré que recoger su ropa. La niña necesitará algo para ponerse.

Él me lo permite. Había traído un par de bolsas grandes y las llené con la ropa de Clarita y algunas fotos. Entonces, empiezo a caminar hacia la iglesia, preguntándome qué dirá Frank

.

Capítulo 29

La llamada

(Amelia)

—¿Está todo bien? —me pregunta Frank cuando contesta mi llamada de *WhatsApp*.

—Lamento molestarte, pero es importante que hablemos. Los mensajes de texto no servirán.

—¿Qué pasó?

Hago una pausa, sin saber cómo expresar lo que estoy a punto de decir.

—Se trata de Matilda.

—¿Está enferma?

—No. Ella... Se fue a dormir y nunca se despertó.

—¡Oh no! ¡Esa santa mujer! —inhala y permanece en silencio por un momento—. Entonces, ¿cómo está Clarita... después de todo esto?

—Está con nosotros en casa, asustada. No quería que el gobierno se la llevara, así que mentimos y dijimos que estábamos relacionados con ella.

Frank respira hondo.

—Eso no es justo para ti.

—Bueno, haremos lo que podamos, pero ese no es el problema. A ella no le queda nada aquí,

Frank. No tiene futuro ni familia. Lamento ser tan directa, pero su lugar está contigo.

—Soy un viejo. No sabré cómo terminar de criarla.

—Aprenderás. Tienes habitaciones adicionales. Puedes darle la vida que desearía poderles dar a mis sobrinas. Es hora, Frank.

—No sé qué decir. No quiero decirle que encontré a su padre y a su hermano, pero no quisieron reclamarla.

—Entonces no se lo digas. No hay necesidad de hablar de ellos, pero por favor sácala de este lugar. Consíguele una visa.

—Veré qué puedo hacer. Mientras tanto, te enviaré comida con regularidad. No quiero aprovecharme de ti.

—No diré que no. Conoces la situación de aquí. La señora de Tampa nos ayuda, pero somos muchos.

Había algo que quería discutir con él, pero no lo hice.

—Esperaremos las gestiones —le dije— y terminé la llamada.

Capítulo 30

Adiós

(Amelia)

Han pasado tres meses desde la muerte de Matilda. Hasta ahora, Clarita ha vivido con nosotros, pero esto está a punto de cambiar.

—Clarita, mi amor, ¿tienes todo? —le pregunto mientras le peino su larga melena.

—No me llevo casi nada.

—¿Y las fotos?

—Las tengo.

—Si intentan quitártelas, explícales que esas fotos son el único recuerdo que tienes de tu familia.

—De todas formas, no importa. Las subí a *Facebook*, y se las envié al abuelo Frank.

—Me alegro de que lo hayas hecho. Cuando llegues allá, llámame. Quiero asegurarme de que llegaste bien.

—Lo haré. No te preocupes. Te voy a extrañar mucho, tía Amelia —dice. Así es como comenzó a llamarme después de la muerte de Matilda.

Andrea la abraza y se seca las lágrimas del rostro.

Adiós

—Regresaré a visitarte —dice Clarita.

—No digas eso —responde Mónica. Nadie vuelve.

—Frank regresó —respondo.

—Más de cincuenta años después —dice Mónica—. Para entonces, muchos de nosotros estaremos muertos.

Abro mucho los ojos y la miro.

—¡No quiero que nadie muera! —dice Andrea, al borde de las lágrimas.

—Deja de molestar a tu hermana menor —dice mi madre—. Nadie va a morir, y es verdad. Clarita volverá a visitarnos.

Clarita se vuelve hacia mí. Se ve muy bonita con el nuevo vestido rosado que Frank le envió desde los Estados Unidos. Es un poco grande para ella, pero lo llenará en poco tiempo, después de que pueda comer los alimentos que son un lujo para nosotros.

—¿Estás segura de que la abuela Matilda me verá a dónde voy? —Clarita me pregunta.

—Te verá, y también te verán tu verdadera abuela y tu mamá. Nunca te dejarán.

—Está bien. Te creo.

Ella me abraza con fuerza, y yo beso su cabeza.

Todos salimos a la calle, donde el auto la espera para llevarla a La Habana. La pareja en el auto son amigos del padre de Clarita.

Adiós

La vemos subir al auto y una sensación extraña me abruma. ¿Es así como me sentiré el día en que mis sobrinas crezcan y se vayan de casa?

Capítulo 31

El sacramento

(La Iglesia)

Hoy, me vestí con colores festivos para celebrar la ocasión. Dos vidas, dos destinos se unirán en el santo sacramento del matrimonio, pero para mí, esta boda tiene un significado especial. La novia es una de las nuestras; uno de los ángeles que vagan por este pueblo y por mis salones; un ángel que necesitaba su propio milagro.

Mis bancas están repletas de gente vestida con sus mejores galas. Todos están esperando que ese ángel haga su entrada. Una conversación animada vivifica mi interior. Incluso, los sacerdotes y las monjas parecen más alegres que otras veces. Reconozco a muchos de los asistentes regulares de la misa, como Andrea y Mónica, que hoy llevan cintas blancas en el cabello. Además, noto a algunas personas que no había visto en mucho tiempo, como la abuela y el tío abuelo de las niñas, Sara y Sandalio, quienes entraron con sus andadores de metal. Les cuesta moverse, pero hoy, están sentados en el primer banco, cerca del altar, vistiendo un atuendo elegante. Ella, en un vestido azul claro con un collar de perlas; y él, viste una guayabera de manga larga.

Prematuro se sienta en la segunda fila, con Rogelio y su esposa a un lado y una joven trigueña al otro. La joven no se viste ni actúa como alguien del pueblo. Lleva un vestido largo y colorido, muchas joyas y tiene sus uñas rojas bien cuidadas.

Pero hay otros aquí hoy; otros, que la congregación no puede ver, como Manuel y Matilda. Su presencia se percibe en cada rincón.

Nunca esperé ver a la novia casada. Ella ha vivido la vida de una hermanita de la caridad, siempre cuidando de los demás. La gente de la ciudad dice que un extraño vino desde el norte y cambió su vida.

El novio está junto al altar esperando a su novia.

—¿No se ve atractivo con el traje de su abuelo? —le pregunta su madre Onelia, quien está sentada junto al pasillo, a una de las mujeres de la congregación.

—De verdad que sí. Se parece mucho a él.

Orquídeas moradas y cintas blancas decoran algunos de los banquillos delanteros.

Hoy, a pesar del apagón de anoche, ¡es tanta la luz que llena mi interior! Llega a mi memoria un versículo de la Biblia (Juan 8:12): *Una vez más, Jesús les habló, diciendo: —Yo soy la luz del mundo. El que me sigue no andará en tinieblas, sino que tendrá la luz de la vida.*

No importa cuánta luz traigan los que representan a Dios en la tierra, en esta isla existe un gobierno impío, cruel y dispuesto a destruir todo en su camino.

Después de una breve espera, el organista comienza a tocar la marcha nupcial tradicional. Todos se ponen de pie y miran hacia la entrada. Por fin, la novia aparece con un vestido blanco, inmaculado y hermoso. Es el mismo que la hija de Frank había usado el día de su boda; fue su regalo. Eso es lo que escuché a su madre decirle a una de las personas de la congregación. El hermano de la novia, Héctor, vestido con pantalones azules y una camisa blanca de manga larga, la acompaña hasta el altar.

Por primera vez desde que la novia comenzó a venir aquí, sonríe de felicidad. Sus labios rosados complementan su piel clara y su cabellera negra, que llega hasta los hombros, y su cabellera negra, que llega hasta los hombros, huele a flores.

El sacramento

Amelia todavía tiene que decidir qué hacer después del matrimonio, dónde vivir. ¿Con su esposo? ¿Con su familia? ¿Debería dividir su tiempo entre Camajuaní y Remedios? Su madre y su tío quieren que viva su vida.

—Es hora —le dijeron.

Mientras el sacerdote habla, la novia y el novio sonríen, se miran a los ojos y se toman de la mano. La madre de la novia, felizmente emocionada, se seca una lágrima. Y por un momento, la congregación se olvida del hambre, de los apagones y de la opresión. Los veo a todos; suspiran emocionados, mientras escuchan la tan esperada frase: "*Sí, acepto*".

Después de que termina la ceremonia, la gente regresa a sus hogares y vuelve a reinar el silencio.

Sin importar lo que depare el futuro, continuaré aquí, como lo he hecho durante cientos de años; actuando como un faro de fe y esperanza, luchando contra la oscuridad, con la luz eterna de Dios, hasta que las sombras que nos arropan se disipen de esta isla, de una vez por todas.

.

Epílogo

(Amelia)

Manuel, mi hijo de diez años, sigue a su padre hacia la salida de la casa. Junto a él, ha aprendido a ordeñar vacas y a mantener alejadas las plagas de los cultivos. Antonio también le está mostrando cómo defenderse. Ya somos cincuentones, y las condiciones en la isla no han mejorado, a pesar de que se levantó el embargo. Al contrario, la delincuencia ha aumentado. Necesitamos a alguien que pueda protegernos cuando ya no podamos. Nunca pensé que tendría un hijo. Lo último que quería era traer una criatura a este mundo.

Le pregunté al sacerdote: —¿Por qué ahora cuando la vida no podría ser peor para la gente de este pueblo y de esta isla?

Y el sacerdote respondió: —Todo sucede en el tiempo de Dios.

Le agradezco a Dios por este milagro. He amado a mi hijo tanto, como nunca he amado a nadie en mi vida, pero con el amor también vienen el dolor y el miedo de no poder resguardarlo de este mundo.

Onelia todavía vive con nosotros. ¡Qué mujer tan fuerte! Ama a su nieto y a veces lo mima demasiado. Mi madre y mi tío murieron con un año de diferencia, a pesar de mis mejores esfuerzos por mantenerlos sanos. Ahora, mi antigua casa se ve tan vacía... Solo Andrea, quien acaba de cumplir dieciséis años, vive allí junto a sus padres.

Mónica vive en la capital con una amiga y su familia. Se graduó de la Universidad de La Habana y obtuvo un título en ingeniería, especializada en energía. Ella quiere hacer algo para detener los apagones, pero también está interesada en la política. Le pido que tenga cuidado y no confíe en nadie. Por eso se ha rodeado de jóvenes cristianos que asistieron a la universidad; algunos son de nuestro pueblo.

A pesar de que en los pueblos y ciudades se continúa practicando principalmente el catolicismo, en la gran ciudad la santería es más común. Espero que esto cambie a medida en que más niños crezcan asistiendo a la iglesia y se conviertan en adultos. Llegará el día en que un cambio sea posible.

Frank continúa comunicándose conmigo. Clarita se graduó el año pasado y obtuvo una maestría en administración de empresas. Él se alegra de que ahora que ya es adulta, su padre y su hermano estén mucho más cerca de ella. Frank sigue fuerte, pero aun así no quiere que esté sola, a pesar de que sus hijos la tratan como a su hermana menor.

En cuanto a mí, extraño a mi madre y a mi tío, así como la vida que tuve, pero he abrazado mi nueva existencia. Sigo participando en las actividades de la iglesia y enseñando a la nueva generación a creer en Dios.

Mónica me dijo algo el otro día, que validó la importancia de Dios y la religión, en esta nación que perdió su camino en 1959:

—He visto el mal personificado. He sentido la crueldad y la intolerancia contra quienes, entre nosotros, imaginamos un futuro diferente para Cuba. Sin la creencia en Dios, sin esperanza, el mundo y esta isla continuarán avanzando hacia la destrucción. Nosotros, la nueva generación, no podemos permitir que esto suceda.

Y cuando escuché sus palabras, supe que todos mis sacrificios, todas las horas que había pasado con ella, no habían sido en vano.

Testimonios

Llegué a la panadería el 17 de abril de 2023 y noté un letrero en la puerta: "A partir de hoy el pan se venderá por circunscripciones. Gracias".

Dicen que la realidad es más extraña que la ficción, y eso es lo que estamos enfrentando aquí en Remedios. Hay dos maneras de comprar pan. Una es a través de las tarjetas de racionamiento, pero este pan emite un olor horrible y no es comestible. La otra alternativa es el pan disponible en las panaderías *Mypime*, pequeñas empresas que no sé a quién pertenecen, aunque sospecho que podrían ser de personas relacionadas con funcionarios de alto rango. En éstas, una barra de pan cuesta 60 pesos. Aunque el precio es alto, basado en pensiones de 1,500 pesos y un salario mínimo de aproximadamente 2,100 pesos, es mejor que el de la libreta. Ahora, ni siquiera este pan es una posibilidad. Los Comités de Defensa de la Revolución (CDR) tendrán que recoger el dinero de la gente de su distrito y luego distribuir hasta dos barras de pan por hogar, si están disponibles.

¡Esto es tan irrespetuoso con la gente de este pueblo!

Pero esto no es todo, hace tiempo que no tenemos agua en los grifos. Además, el tanque que teníamos en el techo, donde recogemos el agua de lluvia, está vacío por la sequía. Hoy, 18 de abril, finalmente, está nublado y esperamos lluvia. Con suerte, lloverá lo suficiente como para llenar nuestros tanques.

Así es la vida en Remedios y en otros pueblos de Cuba.

Basado en un post y en la comunicación con un residente de Remedios.

Agradecimientos

Me gustaría darles las gracias a las siguientes personas y organizaciones:

La talentosa Vilma Pérez por editar mis libros. Vilma es una persona excepcional de la que he aprendido mucho.

Susana Mueller, de *Susanabooks*, por diseñar una magnífica portada.

El grupo de *Facebook All Things Cuban,* por brindar un importante foro para la difusión de la historia y la cultura cubana y por compartir sus historias conmigo.

Conchita Hicks, otra lectora beta que proporcionó valiosos comentarios sobre el manuscrito en español.

Mi esposo, Iván, por sus sugerencias sobre varios capítulos de este libro. Sus contribuciones han sido invaluables. A mi suegra Madeline, a mi hijo Iván y su esposa Gloria, a mi hermano René y a mi hermana Lissette por sus contribuciones.

Agradecimientos

Al grupo *Women Reading Great Books* por su apoyo.

Todos los lectores que me siguen apoyando y compartiendo mis escritos, y a todos los clubes de lectura que han seleccionado mis libros, demasiados como para mencionar.

Desiree González, por proporcionar información importante y contribuir a los cambios en el último capítulo.

Chester, la persona de *Facebook* que escribió la nota que aparece en el capítulo "La nota"."

Katherine Lima, por su historia sobre su abuelo y por las historias que ha compartido conmigo sobre su familia, que me inspiraron para esta novela.

Nilda Beatriz Alcántara Martínez, la abuela cubana de raíces africanas que me permitió usar su testimonio y su imagen. Ella quiere que el mundo sepa lo que está sucediendo en la isla.

Los redactores de los siguientes artículos:

Las Parrandas de Remedios: Luces brillantes brillan en el festival más antiguo de Cuba | Viajes | Revista Smithsonian

Agradecimientos

La misteriosa historia del vampiro de San Juan de los Remedios en Cuba (ashepamicuba.com)

Informes desde Cuba: Trabajadores de la caña de azúcar apenas sobreviven en Camajuaní, Cuba – Babalú Blog (babalublog.com)

Otras obras de la autora

Betty Viamontes nació en La Habana, Cuba. A los quince años, Betty y su familia cruzaron el estrecho de Florida en un bote camaronero, abarrotado, en una noche tormentosa, cuando muchas familias perecieron. Este viaje reuniría a la familia con el padre de Betty en los Estados Unidos, tras casi doce años de separación. Betty Viamontes completó estudios de posgrado en la Universidad del Sur de Florida. Tras la muerte de su madre, Betty comenzó a dedicar su vida a capturar las historias de las personas sin voz.

Las historias de Betty Viamontes han viajado el mundo, desde las galardonadas novelas *Esperando en la calle Zapote* (la historia de su familia) y *Hermanos: Los niños de Pedro Pan* hasta las obras que aparecieron como lanzamientos No. 1 en Amazon:

La niña de Arroyo Blanco
Las niñas de Pedro Pan: Buscando el cierre
Una muchacha llamada Polina
Cartas de amor desde Cuba
Cruzando hacia el Norte: Tribulaciones de un médico cubano

Otras obras de la autora

Casi todos los libros de Betty Viamontes se basan en historias reales. Otras obras escritas por la autora incluyen:

La Habana: El regreso de un hijo

La danza de la rosa

Los secretos de Candela y otros cuentos de La Habana

El vuelo del tocororo (colaboración)

Estos libros están disponibles en Amazon en inglés y en español. *Esperando en la calle Zapote* (versión en inglés) fue uno de los ganadores del premio *The Latino Books Into Movies Award* y ha sido seleccionado por un club de lectura de mujeres de las Naciones Unidas, entre otros. La versión en inglés de *Hermanos: Los niños de Pedro Pan* fue galardonada con el premio *a la mejor novela histórica en las International Book Awards*.

Sus obras han aparecido en varias publicaciones, incluyendo la prestigiosa revista literaria *The Mailer Review* de la Universidad del Sur de la Florida

Otras obras de la autora

El objetivo de Betty es asegurar que las historias del pueblo cubano no se olviden y ser una voz para sus compatriotas.

www.ingramcontent.com/pod-product-compliance
Lightning Source LLC
Chambersburg PA
CBHW030349200626
46808CB00022B/847